马季 —— 著

良渚王

LIANG ZHU KING

浙江文艺出版社
Zhejiang Literature & Art Publishing House

图书在版编目（CIP）数据

良渚王 / 马季著.—杭州：浙江文艺出版社，
2024.2
 ISBN 978-7-5339-7398-8

Ⅰ.①良… Ⅱ.①马… Ⅲ.①长篇小说—中国—当
代 Ⅳ.①I247.5

中国国家版本馆CIP数据核字（2023）第200839号

图书策划　柳明晔　　　封面设计　柿林設計
责任编辑　张　雯　　　责任印制　张丽敏
营销编辑　宋佳音　　　责任校对　萧　燕

良渚王

马季 著

出版　浙江文艺出版社
地址　杭州市体育场路347号
邮编　310006
电话　0571-85176953（总编办）
　　　0571-85152727（市场部）
制版　浙江新华图文制作有限公司
印刷　金华市婺西印刷厂
开本　880毫米×1230毫米　1/32
字数　126千字
印张　7.125
插页　1
版次　2024年2月第1版
印次　2024年2月第1次印刷
书号　ISBN 978-7-5339-7398-8
定价　59.80元

目录

第一章　良渚先民　001

第二章　大酋长琮和大巫师珣　033

第三章　四不像神兽　052

第四章　大巫师和神徽　067

第五章　玉琮王的前生今世　088

第六章　大巫师珣托梦　105

第七章　神符的世界　121

第八章　良渚玉琮何去何从　143

第九章　天灾人祸　167

第十章　良渚新城　184

第十一章　祭坛上的神石　195

第十二章　良渚"字"归来　214

第一章　良渚先民

一

"世间万物，皆为天地的棋子，生死契合。"

这句话一直刻在琪的脑子里，像一句咒语，生了根，挥之不去。这是他从父亲良渚古国大巫师珣的口中听来的。琪在年幼时无法理解这句话的奥义，成年后的某一天，这句话突然从他的脑子里冒出来，他的心一惊：这句话应该是父亲对巫术的深刻理解，也是对众生的理解。

父亲曾对他说过：每个人都是天地之子，一出世，他一生的大运走向就被上天注定了。在流年中还要经过上百个小运轮回，谁也不能知晓会在哪个节点上走厄运，指不定遇到某一个环节，就过不了那个坎。天地广博，命数天定，又有谁有本事步步为营，立于不败之地。巫师眼中的神明不过是天命、天道，神明在高处，俯视众生但不语。在巫师的世界里，神明也是由人化身而来的，只有拥有了神力的人才有能力一统天下，为天下人谋福祉，为苍生撑起一片天空。

父亲还说，没有人知道天上的神明在哪里，但神明掌控着世间万物，他的权力是天给的。天上的神让一个王者来承担天命，同样也要承担天谴。天谴是什么？就是自然灾难。如果王者对子民做了不公正的事，天就会发怒，以雷电、暴雨、海啸、地震来谴责王的过错。所有事，天神都在看着，一切善恶都交给天来秉公处理。是否合情理，是否遵循天道，这得天说了算。可是王者的准则经常由不得天注定，王是集大成者，是天的使者。

听到这里，琪似懂非懂地问道，那我们巫师家族的使命是什么呢？

父亲亲昵地抚着儿子的头道，巫师只能是使者的使者，生来就是为了辅佐王的，不能让王剑走偏锋，使生灵涂炭。如果王真的执迷不悟害了众生，能与天神对话的巫师是有责任的，他有责任代王受过，接受天谴。以王的名义弑巫历来是天经地义、替天行道的事。历代的巫师中有许多以死来力挽狂澜，巫师的使命就是成全王者，替王行事，给王与苍生一个交代，福布众生。

琪在父亲珣离世后的几年里，无法理解父亲为什么甘愿舍命成全王，为什么要雕刻那个玉琮？那么高难度的雕刻技法，此前没有任何一个巫师有能力做到，而珣在无数个日夜里呕心沥血，真正做到了前无古人、后无来者。这世上再没有一个巫师可以超越珣的技艺。他明明可以有许多选择，到别的部落去做大巫师，任何一位酋长都会欢迎他这种道行深厚的大巫师。抑或远走他乡，当一个部落的酋长也是件轻而易举的事。再不行，就做一个自由人，随便在哪个部落里都会是座上宾。琪听父亲说过，在祖辈那个年代，良渚大地上是没有王的，只有部落，以当酋长的大巫师为首领，王权与神权不可分割。到了父亲这一代，酋长和大巫师各司其职，酋长独大。琮率领子民建立良渚这片土地上最大的部落，其他的大小部落都有酋长，形成不同的氏族、部族群落，直到琮一统良渚，最终称王。

玉琮是属于良渚王的，也是属于良渚大巫师珣的。珣在雕刻玉琮的过程中以玉为王，在玉中融入自己的灵魂与肉体的温度。巫师识得玉的品性。以玉为王的巫师成了玉神，成了王中王。玉既是巫的符号，也是王的符号，巫王成为王权与神权的化身。王权在凡间自然大于神权，作为首巫的王，可以统领群巫。

慢慢长大后的琪，在族人的讲述中得知父亲雕刻玉琮王并不仅仅是为了王，更是为了给良渚人雕刻一座玉的丰碑。

凡是人都有欲望，尤其是对权力的欲望，巫师也有。琪的父亲珣也难逃这欲望，他曾经想过称王，最终被自己的父亲劝导放弃了。其根本原因是：巫王已经进入分野时代，他一旦做了王，属于巫师的灵力就会越来越弱，因为在欲望的裹挟下，人不可能专心致志地仰望星空、俯视大地，思考生命的意义，那么巫师家族的灵气就会得不到传承，甚至会毁在他的手中。巫师家族那种"宁为玉碎，不为瓦全"的个性在珣身上尤为突出，哪怕自己身碎，也要成全王、成全玉。（玉本纯粹，唯有一碎，天下才能太平。）

听祖辈讲，在数万年前，祖先们在山洞里、树巢里居住，他们使用木棍和石块狩猎，过着茹毛饮血的生活。突然有一天，他们中的一个人在用石头敲击的时候发现了冒出来的红星星，红星星溅到他手上，手很疼，把他吓了一跳。他继续以石击石，火花越来越多，聚集成一簇通红的火苗，碰巧落在一堆枯树枝上，燃烧起来。没有人知道它叫火，只知道它给寒冷的身体带来了温暖，给黑暗带来了光。

在火堆边，一群人无师自通地跟在火的发现者后面开始手舞足蹈，从不整齐到整齐，从没有节奏到有节奏。这也许是地球上最早的火舞。他们感知火能给人带来益处，但也能伤人。因为当第一个人无知地把手伸进火里的时候，那个人手上的皮肉被烧成焦黑色，疼得他死去活来。最后这个人因为烧伤而死，后来没有一个族人敢玩火。玩火就会自焚，是最原始的法度。火的出现就是来给人定规矩的：火只可远看，不能近观，更不能触摸。火是天上下凡的神灵，来约束人的行为。

火，真的是个好东西，族人都认为是天神给了他们取火的智慧，是地母给了他们神力，从荒野中寻找到天意。火的出现让人类欣喜若狂，人们在森林里、大海湖泊边围着火堆手舞足蹈。如果没有火，也就没有后来的巫，只有巫才能玩火，但对巫来说那不是玩火，而是与火沟通。巫率领族人在火面前借着火给他们的胆舞蹈，与火神对话。第一个发现火的祖先做了大家的领头人，也就是第一代酋长。地球上第一个巫师舞者的出现，催生了后来的人类文明。后来，越来越多的族人围着火跳舞，凝视火，老人和孩子也加入进来，人们对火由恐惧变成了热爱。

在此之前，祖先们只见过天上的雷火，没有见过从地底下喷出来的火，地下的火山被山神的力量唤醒，火山张开血盆大口，喷出通红的岩浆，把森林点燃。火神发怒，那么多的人和兽来不及逃走，葬身于火海。那是天火，是危险的，是生命的灾难。森林里的火熄灭后，被烧过的兽，身上发出阵阵焦味，也伴着香味，弥漫于整个大地。逃过火灾的人饥肠辘辘，把烧熟的兽拿过来吃，发现比带血的生肉香得多。火让巫王想起在森林里吃过的兽肉。他想，如果把捕到的兽放在火上烤熟了吃是不是更香。巫王意识到，能活着本是件悲壮的事，和兽争夺生存的机会，不是你死就是我亡，有了火，人的好日子来了，兽类的末日却到了。

人类发现的火对动物而言是死神驾临，同时也敲响了森林的丧钟。动物们看到过大片的森林葬身火海，人类的一个小孩子手拿点燃的木棍玩耍，不小心落在枯叶上，星星之火引来了通天的大火，那把火的威力很猛，迅速蔓延。动物们来不及逃生，它们在突围的时候闻到了同类被烤熟的味道，可是一点办法也没有，最终人类把它们的皮子剥下来，把它们的骨头别在腰间向其他兽示威。兽对人的仇恨因火而起，火带来了不公平，火，让人类成了森林的王者。

二

第一代酋长自从火出现后就带领他们的部落开始了远征，因为森林里的兽越来越少。母兽们受到严重的惊吓，没日没夜地疲于奔命，它们已无法孕育出小兽，繁衍能力严重下降。

物种与物种苦苦相逼的过程，事实上谁也没有占到上风。因为食物链的阻断，人类女性的繁衍能力同样下降，人类同样有灭绝之灾。就这样，他们选择了迁徙。他们准备翻过更高的山，去远方寻找一条生路。他们走了很远的路才遇到一些很小的野兔或羚羊。这些远足者中包括琪的先祖——一个原始部落的酋长，是他引领着整个部落离开森林，奔向大海，在海上漂泊数年后发现了新大陆，然后重新上岸开始了新生活。

那时部落里出生的孩子越来越少，女人们要照顾孩子，无法跟在男人后面去寻找食物，尽管她们需要食物，才能将孩子养活。在森林里已很难见到活物的情况下，部落里的人每天只能分到巴掌大的一块烤肉，母亲的乳房开始干瘪，婴儿饿得啼哭不已。酋长和族人天亮就出发，一直到太阳落山，经常会空手而归。别说是在地上跑的，连天上飞的鸟的影子都见不到。酋长黑着脸一言不发，只有在整个部落里没有哭声的时候，他的心里才好过些。他在星空下向着天空喃喃自语，盼望天神给他的女人和孩子们一条活路，否则他们全部得饿死。

在一个黑漆漆的晚上，酋长怎么也睡不着，因为他也饿，与其坐吃山空等死，不如冲出去，这是他当时的想法。他带着部落里的兄弟离开了部落，最后的一点肉干没敢动。酋长想，只要能走出森林，就能找到活命的食物。他们不知道走了多远，森林里起了雾，他们迷路了。太阳升起又落下，他们渴了就喝点山泉水，饿了就到枯树叶下面翻虫子吃，只要是能吃的，都往嘴里塞。累了就倒在树叶上面眯一会儿。也不知道走了多久，酋长竖起耳朵听周围的声音，"哗啦啦，哗啦啦"的声音闯进他的耳膜。他从小就生活在森林里，从没离开过森林，他从来没听到过这种声音。他很惊奇，也很害怕。当这个声音越来越近时，他的眼前一亮。一条闪着银光的白色长带子从眼前飘向远方，看不见头。森林不见了，脚下的树叶不见了，一种软软的东西接住了他粗糙的满是血痂的脚板。酋长险些站不住脚，柔软让他感觉身体快要滑出去了，身上的一部分力气被脚底下的软东西吸了进去。他和族人走得很小心，伴着害怕与好奇。"哗啦啦，哗啦啦"的声音越来越大，冲撞着他的耳膜，撞击着他的心脏，让他的心和这有节律的"哗啦啦"声重叠在一起。他的眼越过白色的长带子向远处望去，他更好奇了，眼前有大片会动的蓝色液体涌向他，他才发现自己的心跳是随着那些液体的涌动而搏动的。他不知道这叫大海，因为他并没有见过海，他被这个世界击倒了，惊得连气都不敢喘，直挺挺地扑倒在柔软的海滩上，晕了过去。

直到太阳落下，海开始恢复了平静，白色的海浪像盛开的花朵涌向沙滩，把酋长的身体托起来，放下，如此反复。伤痕累累的酋长在浪花的抚摸下从昏睡中醒过来，感受这个不一样的世界。确切地讲，酋长不是被海水惊醒的，而是被一只螃蟹的钳子夹住了脚趾疼醒的。这一路上他和族人像狼一样奔跑，身上的力气早就用光了，这一片柔软之地接纳了他们疲惫的身躯，安抚了他们喘息的心。他们习惯了生活在遮天蔽日的森林里，突然来到一个广袤无垠的开阔地，必定是局促不安的。

当酋长和族人从沙滩上爬起来的时候，饿得前胸贴着后背。离开森林多日的他们饥寒交迫，惶惶不可终日。

酋长取出兽皮袋子里的石头，把夹住他脚趾的螃蟹敲打下来，把流血的伤口往沙里一埋，捧起那只还在挣扎的螃蟹大啃大嚼起来。既然是活物，肯定能吃。一股咸腥味让他忍不住呕起来，呕完再吃，啃完第一只，他开始寻找第二只，好在沙滩上多的是。其他的人也开始模仿他捉蟹吃，没有人见过蟹，他们被蟹钳子夹得满嘴是血，但因为饿，和着血往肚里吞。

他们实在太饿了，好不容易看到了活物，如同看到了救命的稻草。一群人在海滩上大嚼大咽，壳子丢了一地，也不知道嚼了多久，直到瘫坐在沙滩上，再也没有力气站起来。阵阵海浪，冲刷着他们疲惫的身体，像在母亲的怀抱里。他们从小到大只听过森林里的树叶声，奔跑时带来的风声，野兽的咆哮声，这声音他们只在娘胎里听到过。

睡在沙滩上的人，如同睡在母亲的子宫里，伴着海浪声沉沉睡去。这样的深度饥饿状态他们已经持续了很久，一个个瘦得颧骨高耸，眼窝深陷，头发像枯树叶披在肩上，古铜色的皮肤如同干枯的树皮，失去了光泽。该死的食物短缺差点灭了他们整个部落。最焦虑的是酋长，他必须带着部落里的人突围出去，找到食物才能活命。那段时间，部落里饿死了许多孩子和老人，女人因为饥饿缺少营养而无法孕育孩子。眼看着部落里的人越来越少，酋长的眼睛都急红了。

当时，森林里可以捕获的动物所剩无几，其他部落的生存状况也可想而知，如果动物哪天绝种了，那人也面临着绝种，这是酋长最害怕的事情。

现在好了，终于走出森林，遇见了海。既然海边有活物可食，那么海里肯定也会有，族人有救了。

饱餐一顿的酋长仰躺在沙滩上做了一个长长的梦，梦里他看到天上在下银色的雨，这些雨打在脸上、身上，滑腻腻的，像珠子在蹦跳着，落进海里很快消失不见。他梦里的银色的雨，与后来发生的事相印证，就是他们从海里打捞上来的东西——一种可以食用的海鱼。

这场梦如同神谕、天启一般，把酋长从梦中惊醒。他醒来后隐约记得梦里的场景，并不觉得是假的，因为他分明感到脸上被什么东西砸过，微微疼，腥咸的味道还在鼻腔里游荡。

这一夜睡得太沉，以至于火球一样的太阳从大海的天际线上升起，照在海滩上十几个赤膊的人的身上时，没有一个人醒过来。大海静得像一个处子，昨夜的涛声仿佛被初升的太阳吮吸走了。酋长终于醒了过来，他检查了一下身上的伤，有几处伤被海水泡得发白，好在骨头没断，他还能爬起来。

所有人都被大海的气势震撼了，那是怎样的盛景，碧蓝蓝的，水天一色的壮阔。面向大海，酋长和族人齐齐跪下。起身后，他们迎着浪花往前走去，湛蓝的海水把他们托起，再托起，直到淹到脖颈，有的人被海水呛了，才知道往后退。下海后，他们才知道水和火一样对人有杀伤力，非常凶险。

酋长决定率领族人重回部落，那里还有老弱病残在等待他们带食物回家。在走前，他们捡了好多的螃蟹和贝壳，到林子里砍了些藤条把蟹一只只绑上串起来，用木棍子挑起螃蟹串，踏上回归之旅。

在海边，他们吃的是生螃蟹，回到部落的男人们把螃蟹交给女人们收拾。她们把一串串蟹架到火堆的架子上，像烧野兔子那样烤，海鲜香气弥散。女人和孩子们的脸上溢满笑容，这一下有活路了。他们从来没有见过这种食物，烤熟的蟹，壳通红的，更勾起了人们的食欲。孩子们围着火堆，睁大眼睛盯着，胆大的会用手去翻架子上的蟹。

男人们都累了，四仰八叉睡在林子里，孩子们的欢呼声此起彼伏。女人们把烤得红红的螃蟹从藤蔓上取下来递给孩子和老人。他们太饿了，连肉带壳全都嚼碎了吞下肚子，一点渣子都没留下。其实老人和孩子们也只吃到半饱，哪怕一只螃蟹腿也在被争抢着，他们饿得几乎能吃得下一头牛，可女人们的肚子还瘪着。

太阳快要落山的时候，森林里的光变得斑驳昏暗。从海边回来的男人们陆续开始醒来，众人往火堆边走去，唯独没有看见酋长的身影。孩子们在森林里呼喊酋长，男人们涌向酋长躺下的地方。他平静地躺在树叶上，像和树叶粘在一起，双目紧闭，面容安详，他睡着了，永远站不起来了。

长期焦虑、疲于奔跑的酋长死了，死于伤口感染。被海水浸泡过的伤口变成了蚂蚁的家园，到死，他的手臂上还裸露着白骨，皮肤没有愈合，全身是伤。

女人们泪流成河，老人们老泪纵横，一群人围在他身边。是夜，部落里的人捡来了大量的树枝，搭起了一个巨大的高台，在树枝上铺满落叶，几个壮年人抬起酋长，小心地把他放在树叶上面，有人把在海边捡来的贝壳放在他的手掌心。部落里最年长的巫师举起火把点燃树枝堆。所有的人面向火堆齐齐下跪，苍凉的长调"呜呜"传遍苍穹，松涛阵阵，悲鸣四起，英雄陨落。天空中下起了绵绵细雨，为逝去的酋长送行，燃烧着的熊熊大火却不因雨的到来而熄灭，反而越燃越旺，冲天的烈焰照亮了天空中的雨丝，这把火一直到天亮才燃尽。

三

老巫师待青烟散尽后，走向火堆，将酋长的骨灰捧起，放在一块羊皮上，小心地扎好放进怀里。酋长是他最疼爱的儿子，这个长子是整个部落里最强悍的男人，做事果敢有魄力，心思缜密，带领着族人闯过无数的生死关。终于，在族人生死存亡的关口，他为族人找到了一条生路，而他自己的生路却断了。他还这么年轻，连天都嫉妒他，提前把他带走了。

老巫师收拾完长子的骨灰后，走上土坡高台，用沙哑的声音对族人们说："酋长归天了，部落里不可无主，现在我推举酋长的儿子为新酋长，带上他父亲的骨灰，沿着他走过的路去大海。"

当太阳升上树梢时，部落里的女人们收拾好少得可怜的家当，准备上路。这是新酋长的命令，所有人离开生活了很久的森林，他们要去海边。新酋长举起火把，把他们居住的茅草房付之一炬，让所有的回忆化为乌有。从此，他们要远离森林中的故乡去海上求生。

这支蚁行的队伍中老弱病残占了半数，他们在神灵的护佑之下，艰难地穿越森林屏障，向大海的方向前行。老巫师怀抱长子的骨灰，走在队伍的最后，他无法从丧子的悲伤中缓过来。好在新酋长有长辈们呵护着，前面有人为大家开路，他只要跟着不掉队就可以了。

上次和酋长一起去过海边的人在最前面引路，他们一路走，一路竖起耳朵听，睁大眼睛看，张开嘴巴呼吸。听前方是否有海浪的声音，看前方的路是否有光亮，感受一下空气里是否有海水的咸味。可是，除了风刮树叶的沙沙声，什么也听不见，什么也看不见，这一路上只有日月和晨昏，看不见一个活物。他们的方向是正确的，上次返回部落时酋长在路上留下了记号，每走一段路砍倒一棵树为记号，为的就是重返海边时不会迷路。

在黑得不见底的黑夜，这一路人走得太艰难，难的并不是路有多远，难的是饥饿让很多人已无力往前走，因此不得不走走停停。年轻的酋长感到两眼发黑，浑身酸疼，喉咙发紧。他饿，饿得说不出话、迈不动步，他快要倒下了，残余的力气快支撑不住他的身体了。他万念俱灰，这么饿着行走，等于在死亡的广场上跳舞。这漫长的黑夜，没有一颗星星在闪烁，看不见一丝光亮，活着还有什么意义？母亲们怀里的婴儿已饿得哭不动，只有微弱的呻吟声。年轻的酋长眼睁睁地看着族人一个个死去，他的眼睛里除了黑暗便是死亡，他呼吸的空气里，除了哀伤就是死亡的气息，内心深处的恐惧无数次停顿后变成咆哮，头脑轰鸣，周身发热，他的心开始发麻。他突然嗅到了死亡的气息。作为新任酋长，他率领这么一群饥饿的人，拿不出任何东西给他们果腹。酋长存在的意义就是在世上跋山涉水不停地为族人们寻找食物，像蚂蚁从植物缝隙中，像飞鸟从天空的云彩中觅食一样，酋长从苍茫的天地间，寻找一切可以吃的食物供养族人。

前进路上，年轻的酋长饿得出现幻觉，半梦半醒中，他梦见从天空中落下银色的雨，砸在他的脸上，黏糊糊的，他梦见所有的人都有了食物，母亲有了乳汁，怀里的婴儿在大口大口地吮吸。

一路上有些身体羸弱的老人，倒在路边再也起不来。还有一些婴儿，在母亲的怀抱里再也没有醒过来，到死嘴里还含着母亲干瘪的乳头，无邪的大眼睛圆睁着，死不瞑目。他们还没来得及看看即将到来的新世界，来不及看到海浪就死在了路上。母亲们饿得连一滴眼泪都淌不出来，干瘪的身体犹如风干的枯树叶，只剩下一口气，如果来一阵大风就会被刮倒。

年轻的酋长还小的时候就没有了母亲，是父亲与族人养大了他，但是他记得母亲的死。母亲是在生他弟弟或者妹妹时死去的。她躺在血泊中，从开始呼天唤地地号，到呼唤的声音越来越弱，那个任凭命运摆布的女人在鬼门关徘徊，没有人能救得了她，她只有用喊来缓解疼痛，等待命运的双手把她撕碎。她的力气全部用完，所有的血都已流尽。她两手抠着身下的泥土，那土被她的血泡软了，她挺得很高的肚子不再起伏，她湿淋淋的头发已经变凉，她再也抓不住族人的手，不再呼叫，她死了。两个活生生的生命从他的眼前消失，那个呼天喊地的母亲，突然安静了，她完美地躺在地上，像一朵睡莲躺在无垠的安静里。她的周围站着树桩一样的人，看着她无能为力，他们都是活人，而她是死了的人。他们瞪大眼睛，站着看着，忍耐着等待着，束手无策，没有一个人能从死亡线上把她和她肚子里的孩子拖回来。母亲在快要咽气的一刹那，张开十指向天，撑开眼帘，眼睛怒视着天空，发出最后的哀号。老天是不公的，它强行带走了母亲和她未出世的孩子。

母亲死的时候他刚学会说一点话。他在母亲的身边哭喊，不停地摇晃母亲，想把她摇醒。他依稀记得母亲在弥留之际的确睁开眼睛看过他，睁一下，闭一下，她太累了。她的眼神开始涣散的时候，他畏惧了，因为他嗅到了母亲身上死亡的气息。他是一个敏感的孩子，特别有灵性。按理说，这么小的孩子是不知道生死离别的，但他领会了。母亲死的时候，他还在吃奶。那甘甜的味道胜过世上任何的美食，他想再吃一口母亲的奶。

母亲火化前，他曾做过一件蠢事，这是部落里年长的女人后来告诉他的。他扑到母亲的胸前，寻找奶吃。族人拖住他，不让他靠近地上的母亲，他犟得像一头小野兽，张口咬拖他的人，他只想吃一口母亲的奶。在母亲化为灰烬以前，他总觉得她还没走，她只是太累了，睡着了。他在母亲的胸前撕扯着，寻找那朵花一样的乳房，他的小手不断地搓揉那个僵硬的乳房，想唤醒它，他的小嘴在上面吮吸着，可是再也没有一滴乳汁。他放声大哭，为再也吮吸不到一滴乳汁而哭，那可是他的粮仓。他和母亲就这样永别了，以至于后来任何一个女人抱着他，他都不会去碰乳房，他不是那种有奶便是娘的人。

母亲死后，他成了一个孤苦的孩子，作为酋长的父亲没有抱过他，更不会陪伴他，因为父亲怕他被太多的宠爱消磨了意志力。父亲很忙，每天要和天说话，也让他跟在后面学着和天说话。他捕猎的本事都是族里的青壮年男人教会的，老巫师则每天把他带在身边，教他与天地说话的本领。在整个部落里，他的悟性比别的孩子高出许多，这些都是神通广大的老巫师的功劳。

当这群人走到海边的时候，正是夕阳西下之际，如血的残阳铺在海面上，万丈光芒让海水变得通红，水面波光粼粼，把所有的人都惊得发晕。这是他们从来没有见到过的景象。

短暂的惊喜过后，年轻的酋长忧伤起来。作为新一任的酋长，他不知道何去何从，离开了赖以生存的森林，族人们缺乏生存经验，面前的海水比森林更可怕，父亲就是因海而亡。大海是不是能让这么多人活下来？如果像在森林里生活时一样，食物链断裂，部落还是难逃灭顶之灾。

夕阳彻底从海平面上消失的时候，年轻的酋长陷入了深深的恐惧。他的担忧不是没有道理的，毕竟族人习惯了在森林里的生活。篝火在海滩上生起，年轻的酋长拉起兄弟姐妹们的手，一起跳起了欢快的舞。是的，不能因为未知的明天而忧愁，只要脚下舞蹈不停，明天就充满了希望。

要做好一个好酋长很难，最难的是不能有私心，凡事不能只为自己想，要有保全每个族人活下来的能力，特别是要保护女人们活下来，如果没有女人，部落就会灭亡，什么都是空的。如果找不到食物，所有的女人很快都会死去，部落里就不会再有婴儿。酋长的责任就是保护好部落里的母亲和孩子们，这并不是件容易的事，天灾、疾病带来的伤亡等，都是酋长要考虑的大事。他有责任让族人免受这些灾难，因此要掌握预知天象的本领。

当第一缕阳光从东方的海平面上射出的时候，整个部落开始忙碌起来。新酋长几乎是在一夜之间成熟起来的，也由不得他不成熟。面对辽阔无垠的大海，他和父亲一样被震撼得灵魂出窍，大海在平静的时候是柔和安详的，可是当它发怒的时候，其威慑力极强，仿佛要推翻这个世界。他开始学着父亲的样子对族人发号施令，回想父亲在世时对他的教导，对食物进行分配，对劳动力进行分工，部落里哪些是捕猎的强者，哪些是头脑聪明的人，他都要做到心中有数。

新酋长把部落里的男人都召集起来，给每个人分配任务，一部分人到树林里砍树搭房子，一部分人去割藤捆扎能下海的筏子，为下海做准备。女人们去照顾好孩子，去海边捡贝壳。他想起半路上做的梦，银色的雨砸在脸上。那是什么东西？等他真正见到大海的时候才醒悟，梦里的银色的"雨"可能并不是真正的雨，是不是某种食物？他的梦和父亲的梦神奇地重合。当然，他并不知道父亲在见到大海时的梦是什么。冥冥之中，两代酋长就这样前赴后继地投奔了大海。

在海边有了食物，让新酋长发愁的是水源。海水咸得无法入口，到哪里才能找到能喝的水？老巫师告诉他，一定要在海边离森林不远的地方扎根，每座山林都有自己的生命之泉，万物都离不开水，包括山林。

新酋长派出一批身强力壮的青年，到海边森林去寻找水源。很快有人找到了森林里的泉水，女人领着稍微大一点的孩子取来了水，男人们很快扎好了筏子，准备出海。在出海前，老巫师在沙滩上画了一个很大的圆圈，他坐进圆圈里，面向大海念念有词，他在向天问道。除了酋长能听得懂老巫师的话，别的人都听不懂。

一只海鸟从海面上翩翩飞来，落在酋长的肩上，贴着他的耳朵在说话，只有酋长和老巫师听到了它在说什么。老巫师心中一喜，这海鸟是海上的信使，是来给酋长报喜信的。它站在酋长的肩上，歪着小脑袋，长久地凝视着他，一对小眼睛干净极了，像是在洗涤他的灵魂，让他忘记母亲亡故的恐惧，忘记父亲逝世的悲壮，忘记饥饿和天灾，忘记丛林的故乡。

可是，怎能忘记母亲和故乡？那意味着忘记祖先。

海鸟像母亲一样在他耳朵边说话，它说："孩子，不要难过，挺起脊背，去海上寻找另一个故乡，母亲无时无刻不在你身边护着你，不怕，不怕啊……"

海鸟从酋长的肩上振翅而去，飞向大海的上空。年轻的酋长潸然泪下。那不是一只鸟，而是母亲的化身，她化成了一只海鸟来和他相见，她的灵魂在天空中飞，找不到家，她希望儿子带着她的愿望活下去。母亲的愿望很简单，让家族人不饿着冻着。夜幕下罡风正烈，风里面好似藏着一头野兽。酋长走了一圈又一圈，遥望大海，那只大鸟的身影已不在。他听不见其他声音，除了鸟和他说话的声音在罡风中回荡。母亲，被罡风吹走了。远处丛林中的昆虫在睡觉，酋长陷入了冥思。

天气渐暖，丛林里的山花就要开放，沙滩上的男人、女人和孩子围着火堆跳着圆圈舞，裹在腰间的兽皮闪闪发亮，烟火熏着他们的眼睛，鼓动着他们的身子来回摆动。他们要通过舞蹈的形式找到战胜困难的勇气，通过舞蹈的步伐向天起誓，没有什么不能战胜的，在火焰的照耀下，不再迷惘，不再悲伤，不再胆怯。

看到族人载歌载舞的场面，酋长把自己的情绪收起来，也加入了他们的舞蹈。在这样神奇的夜晚，舞蹈给了他和族人力量与自信，他相信自己会像父亲一样为族人寻找到一条生路，让族人繁衍更多的后代，让部落强大起来。

出海前，老巫师举行了祭海仪式，扎好的筏子被推下水，六个壮年人登上筏子，酋长带头。他们带上用葛藤编织的网出海，尽管他们并不知道这东西能不能捕到食物。他们第一次爬上筏子时，筏子晃得厉害，他们全身颤抖，手脚都不知道该往哪里放。这是他们第一次出海，对能不能从未来的世界里找到食物，他们心里并没有底。

作为第一次出海的酋长，他这个带头人要为大家做好榜样，他相信海鸟母亲会给他带来好运，大海现在是母亲的家，她的魂灵指引着他这个羽翼尚未丰满的大孩子迎接大海的巨浪。

老巫师在海滩上念念有词，直到海面上的筏子从一个大黑点变成一个小黑点，彻底消失在他的视野中，他才起身将一把灰烬撒向小黑点的方向。

正如酋长内心的祈祷一样，他们首次出海很顺利，也许这是无人来过的海域，这一片尚未被破坏的汪洋大海，让人类占得了先机。

葛藤编织的网太不结实了，撒下去后一用力拉就有多处断裂。第一网下去，似有千斤重，六个人把吃奶的力气都用上了，还是拖不动。而且他们几个人差点儿被网里的东西拖下海。两股力量僵持不下，酋长内心大骇。

如果不放手的话，他们这几个人随时会丧命，那么岸上的人怎么办？

酋长憋住一口气，敞开嗓子大喊一声，另外五个人齐声响应，就这一声呐喊重新把他们的力气激发了出来，他们心神一凝，那个快要破的网被拖上了筏子。

网里的东西在扑打、扭动着身子，白色的光芒闪花了六个人的眼睛。这是酋长梦里见到的，后来被人类称为鱼的东西。他们第一次出海就满载而归。他们捕到了一条很大的鱼，因为网被大鱼挣坏了，无法再下网，不得不上岸。

老巫师一直坐在海边念着谁也听不懂的话，一直到海面上的小黑点变成了大黑点，他看到酋长领着族人从海上平安归来，流下了两行清泪。人们奔向海边，迎接壮士归来，每个人脸上都笑开了花。是的，他们能够活着回来就已经是神灵护佑，况且他们还奇迹般地带回了食物。

晚上，篝火燃起，女人们用海水把那条大鱼洗干净，抬到火堆前，男人们帮忙把鱼架到火堆上烤。鲜香味扑鼻，孩子们兴奋不已，每个人都分到了一块烤熟的鱼肉，鲜嫩无比，让他们惊为天物，都舍不得吃。鱼头和鱼脊骨分给了酋长，鱼肚子分给了五名壮士，尾巴留给了女人和孩子。这是他们头一次吃鱼，那种鲜味让舌头颤抖、大脑发晕、灵魂出窍。

这一夜，整个部落里的人注定无眠，他们围着火堆跳舞，把黑暗跳走，把夜寒跳走，把连日来的饥饿跳没，就这样一直跳到黎明。火球一样的太阳从海平面上升起，他们实在太累了，倒在沙滩上沉沉睡去，呼噜声与海浪声合在一起，合成一个节拍。

孩子们跟在大人后面到林子里去寻找更多更结实的葛藤，同时背回山泉水。男人们到林子里寻找更结实的树，砍下来做更大的木筏。几乎每个孩子都跟在母亲后面学会了织渔网的本领。他们的手越来越灵巧，网结得越来越密实。酋长看到每个人都在忙碌，笑了。这才是最好的部落，他们充满信心，战胜了饥饿。没事的时候，酋长跟在老巫师后面学习巫术。

老巫师是部落里的定海神针，他是整个部落的智多星，前酋长和现酋长都是在他的教导下成长的，如果没有老巫师，部落不可能有今天。来到海边的老巫师把平生所学悉数教给了年轻的酋长。现在他的任务是教授新酋长在大海的生存技能，而不是从前在山林里的生存法则。那是一个未知的世界，需要更深厚的修行。变幻莫测的大海深处有太多凶险、太多神奇，他的任务是带领族人排除艰险，解开这些神奇的密码，为部落的子孙后代所用。

四

后来人类传说中的《归藏》就是人从森林走向大海的经验总结，而老巫师是最早参悟《连山》的人。这二经是后来演绎出《易经》的基础。可惜那时的文字才初具雏形，二经无从记载，在岁月的流逝中消失，只留下许多传说，如《山海经》中的传说故事，正是那个史前时代的真实记录。

大海之力是神奇无垠的，海底有数不清的海洋生物，远比人类更强大。至于有多强大，老巫师也说不清楚，他是迷惘的，但也是清醒的。一个世纪以来，酋长换了一个又一个，都是从巫师成长起来的。巫师与上天的通灵能力是与生俱来的，无人能及，如果没有巫师，酋长等于睁眼瞎，他就是酋长的眼睛和耳朵。但他并不是先知，他是在一种神力的牵引下来到海边后才开始参悟，他把悟到的经验刻在心间，口传心授给年轻的酋长。酋长在森林里学会了观气术，来到海边后，又学会了望海术，才敢到海里捕鱼为生。

部落离开森林后，森林里的动物反而渐渐多了起来，酋长也会派一部分人去捕猎。后来老巫师发现海里的鱼味道咸得发苦，而猎物的肉是淡的，他突然想到，海鱼是因为生活在海水里，咸味来自海水。他让族人把海水弄上岸，垒起一块块大石头，把海水放在没有缝隙的石头里晒。为了防雨天，他还在晒海水的石头上方搭起架子，用草盖上，在晴天时把草拿掉，让太阳晒海水。结果，海水越来越少，最后变成了一层白色的晶体，他把这些白晶体收集起来。他想，鱼的味道和兽肉的味道不同，用这个白色晶体把吃不掉的肉腌起来，是不是肉就不容易腐烂了。这是他第一次尝试用这种方法腌肉，在兽肉上抹上白色晶体，然后挂在海边晒干，经过最炎热的天，这些肉都没有烂掉，而且味道特别香。

他们就这样依托森林与大海而生存，族人的遗骸藏入森林，那是聚集了生命之火的地方，不能忘记。

晒干的肉越来越多，堆积成山，族人不再因为饥饿而大批死亡，部落里的孩子越来越多，也很强壮，他们慢慢成为部落里的新生力量，跟着父辈们上山去打猎，下海去捕鱼。母亲们的脸上挂着笑容，乳房越来越丰满，她们没完没了地结着渔网，男人们出海打的鱼越来越多，女人们把吃不掉的鱼晒干储存起来过冬。

直到有一天天空中下起了鹅毛大雪，像席片一样大块大块地从天而降，覆盖了整个森林。雪花落到海里立刻消失，落在森林里的则很快堆积，形成了两个蓝白相依的世界。

雪，不知道下了多久，没有停的意思，部落里储存的兽肉和鱼肉越来越少，巫师整天冥思苦想，对着茫茫雪天施法，可是他的能力无法胜天，只能望雪兴叹。等到最后一点食物进入族人腹中的时候，他们将再没有任何食物果腹，将陷入疯狂的饥饿中。

部落里的老人还记得上一次的饥饿场景，大批的族人死去，是巫师与酋长带着他们来到海边求生，可是现在他们面向无边无际的大海，大雪封住了山海，无法打猎捕鱼，他们身前身后的活路像当年一样，都被生生堵死。

巫师在雪堆里静坐了一个昼夜，最终和酋长商量，决定带着族人突围出去，而且只能从海上突围，如果向森林里的雪路走，所有人都会冻死或饿死。

雪还在下，越来越猛烈，苍天在为大地披上一件厚重的孝衣，欲把所有的生命埋葬，不留一丝痕迹。窝棚里还剩最后一点食物的时候，已经有老人、孩子毙命于风雪之中。巫师收起雪地上的法器，让部落里的女人们把平时在海滩上捡拾到的贝壳装上木筏，把最后的食物捆绑在木筏上，酋长宣布所有人登上木筏，出海逃生。至于要逃到哪里去，没有人知道。

十几只大木筏一字排开，酋长和他的子民在巫师的带领下起程。白色的海滩远去，远成一条白线消失在远方，白雪皑皑的山林在远方静默成一个小白点。

这十几只木筏上的人又冷又饿，雪落在他们身上，越积越厚，给每个人穿上了一件白衣裳。巫师在木筏上观山望海，满脸悲戚。他在问天时，老天没有给他任何启示，落在他脸上的雪花随即融化成水，像他流下的眼泪。对，这是老天爷对人的惩罚，人对山海的摄取太多了，吃下去的总是要拿生命去偿还的。自大地上有人类开始，不知道有多少生命被人杀死，成为人的食物。在丛林里，四条腿的动物和两条腿的飞禽很少逃得过人的捕捉，特别是人发现了火种后，它们的生命更加岌岌可危，最后许多物种以灭绝的方式向人类告别。它们也有活下去的基本愿望，可是人类没有给它们活下去的希望，而是将其赶尽杀绝。

鱼类的经历也一样，在人没有踏足大海以前，数不清的海底动物从来不知道这世上还有渔网这个东西。母亲领着孩子在蔚蓝的海面上嬉戏，无忧无虑地生活了亿万年，那些活了千年的老海龟在沙滩上产卵，生育季它们从来没遇到过危险。而人来到海滩后，一切都变了。海龟的蛋屡屡被那些小人儿掏出来直接扔到嘴巴里，被他们吞下肚，小海龟永世不得出生，导致海龟的数量不断减少。许多冒险上岸产蛋的龟妈妈有去无回，被人捉住放在火上烤熟吃掉……

美丽寂静的海滩，成为人类忙碌的屠宰场，大海不再平静，海底的水族无法安生度日，它们向更远处游去，或沉到深水区，不敢再在浅海区现身，那里随时有杀戮，处处能闻到血腥气味和烟火中的烤肉味。

巫师想到此，心里就觉得自己有罪，人不过是自然之子，和所有的生命一样平等，可是不知道从什么时候开始，人站在了食物链的最高端。当杀戮常态化时，人与其他的生命不再平等，出现了严重的等级之分，人心的麻木是从占有更多食物的欲望开始的。

木筏在茫茫大海上不知道漂了多久，淡水和食物所剩无几，如果再不靠岸，所有的生命就得交待在海上了。可是，岸在哪里？

雪还在静静地下，下得让人迷惘，下得让木筏上的人失了魂。巫师与酋长默不作声，他们在祈祷上天的眷顾，留他们一条贱命苟活于世。蟾蜍要命，蛇要饱，活着是人的本能。

就在巫师沉思时，雪不知道什么时候停了，天空放晴，万道阳光铺展在海面上，木筏上的雪花很快消融，酋长把最后的肉干和水分给了划木筏的青壮年人，让他们发力划筏，寻找生路。

他们终于能看清方向，看到远方有一个小黑点，他们奋力朝那个小黑点划过去，近了，近了，那是一个小岛。有岛，岸就不会远了。出发时的十几只木筏，遇见小岛时只剩下三只，加起来总共只有十来个人。先前木筏上的同伴，有的冻死饿死，有的掉进海里葬身海底，能活下来的这十来个人算是年轻力壮的强者。

不知道过了多久，木筏上的人再也划不动了，全部躺倒在有些支离破碎的筏上，一个个像离水的鱼，向着天空张着干枯的嘴巴。

酋长第一个发现了岸。他起先以为自己看花了眼，喊醒巫师才看清楚，果真是岸。木筏只剩下几根木棍子，这十来个人最后死抱着这几根木棍，利用水的浮力才勉强漂上了岸。

他们终于发现了新大陆，并继续开始了捕鱼为生的生活。巫师不想以肉食为生，他想找一条不靠肉食为生的道路，但太难了。

人类的祖先们从害怕火到围火跳舞，战胜了对火的恐惧，掌握了更多的生存技能，并且不断地发展演进，而兽类就没这么幸运了。与人类不同的是，兽类一直怕火，所以它们走不出自己的樊笼。

琪的祖爷爷就是在祖先发现新大陆时诞生的，他们上岸后的第一个落脚点就在后来被称为吴越地界的环太湖地区，周围有很多个部落，他们一上岸就被别的部落围攻，酋长带着他们杀出一条血路，终于在一个很小的湖泊边安顿下来。这里是一个四周有水的小洲，被先祖称为良渚。良渚人开始在这片美丽的土地上定居，繁衍后代，一直到琪的爷爷老巫师这一代，部落逐渐强大起来，人口越来越多，老巫师开始研究《归藏》《连山》。

族里人后来告诉琪：最早的先祖有三位皇，分别是农皇、玉皇、战皇，那时候有一万多个小部落，也就有一万多个酋长，最厉害的是北方的九黎族酋长，人称九黎。这九黎族酋长非人非兽，三分人形，七分兽相，长着三个头，六只手臂，他的头硬得像铁，面如紫铜，刀枪不入。他最擅长的武器是大刀、巨斧、戈。他打仗的时候勇猛无比，无数个小部落的酋长都被他的刀斧砍成肉泥，没有人不害怕九黎族的酋长，看到他只有逃的份，逃不掉就归顺于他，成为他的奴隶，因此九黎部落的疆土越来越辽阔。

除了天神，没有人能战胜得了九黎这样的酋长。族人们都在传言，这个九黎族的酋长迟早会杀到良渚部落来，怎么办？良渚部落势单力薄，没有拿得出手的兵器，食物很少，人口并不算多，小小的城池不堪一击。水患频仍，许多草坯房子被洪水冲垮，很多人畜被洪水冲走，许多人流离失所，逃荒到别处去了，良渚部落的人口越来越少。

这些传言并不是空穴来风，琪在良渚王的宫殿里不止一次听说过。父亲大巫师珣去世了，作为一个刚刚成年的巫师，琪需要学的东西仍有很多，他的羽翼尚未丰满，只打开了识字的天眼远远不够。天眼不是谁都能开启的，得有大造化。开天眼，又分先天和后天，比如神农氏、伏羲、女娲，这些神话传说中的人物一出生就开了天眼，这是他们先天的造化。还有一种人是通过后天努力修炼才开了天眼，比如后人诸葛亮、李淳风、袁天纲、刘伯温之流。

对天赋低的人来说，终其一生，也难以领悟后天的法则。开天眼的第一步就是引动先天之气，打通任督二脉，感知天地灵气，以灵气淬炼身体。随着灵气的积累，感受体内的气流，那股先天之气才能从头顶的百会穴灌入，贯通四筋八脉。天眼常人看不见，只有开了天眼的人才能看见那双眼在眉心二指上面，是重瞳。重瞳者，天生圣人也。传说中造字的仓颉就是重瞳，还有与尧帝齐名的贤君舜帝也是重瞳。

传说中的玉皇帝就居住在良渚部落一带，他是真正的神人，上通天文，下知地理，还会医术，他才是巫师家族的万能者。这么一想，琪再次获得天启，知道开天眼不过是对天道的最初认知。对一国之主来说，明君才能秉承天道，否则灾难降临，最大的受害者就是众生灵。而他，将是辅佐良渚王的巫师。

第二章　大酉长琮和大巫师珣

一

　　良渚国最神圣的大巫师珣，这个连接天地的人殁的时候，树上的花纷纷凋零，水里的鱼愤怒地跃出水面，高台上的神鸟发出悲鸣。那个懂它们语言，常和它们对话的人像天上的陨石一样，从此消失在至暗无边的深渊中。

　　一杯自酿的毒酒终结了大巫师珣的生命。临死前数日，珣与儿子小巫师琪有过一次掏心掏肺的长谈，因为他通过观天象、占卜卦象已经知道自己大限将至。他要把自己念了一辈子的咒语悉数教给儿子琪，教会他如何把法器与咒语融合，这是珣一生的道行。儿子琪很小的时候，珣就开始言传身教，但他还是不放心年幼的琪能否得其真意。良渚国虽有神灵护佑，但天象波谲云诡，国运时有波动，在没有父亲珣的岁月里，小巫师琪的命运将会如何呢？良渚国的命运又将会如何呢？自从那次珣醉酒吐露真言之后，良渚国大酋长琮的脾气越来越差，喜怒无常，这是珣最担忧的事情。作为一个胸怀苍生的大巫师，他可以将制玉的技艺做到炉火纯青，能依靠自己的技艺获得应有的尊严，可是对于人心，珣永远也探不到底。人心深似海，阴晴不定，善恶交错。

人类历史上每一个集团的运行规则被打破，都与私欲分不开。不管是对运筹帷幄的通天之人，还是对寻常百姓而言，规则一旦打破了，天下将不再太平，谁都无法独善其身。禁地就是禁地，不能僭越。可是，人的欲望是个无底洞，穷人和富人的欲望各有不同，守住底线所耗费的成本却是一致的。欲望像乌云里的水滴，堆积得越多，破得越快。凡事总有限度，一旦过度，必定受罚，这是万事万物的规律，也是最朴素的哲学。人本性的好坏也因生存环境的变化而变化。在没有文字的时代，人的生存不需要靠很多的理论，只靠直觉。一个坏的制度，会使人性陷入黑暗。而好的制度下，好人当道，你才能成为一个有价值的好人。和谐的环境是人性善的关键，只有分清了人在不同环境下的责任与权利，用好的制度去监管，创造出好的环境，才能催生美好的人性之花。

　　良渚文明的开端，人与人之间是平等互助的，没有尊卑之分，大酋长和民间的巫师亲如兄弟，他们每天在一口热腾腾的大锅里吃糠咽菜，安享时光。可是好日子刚开始，良渚国的人祸却悄然降临了。太平昌盛的岁月，财富逐渐积累，良渚国开始出现尊卑，大酋长琮拥有了更多的漂亮女人、更多的玉器，美人们包裹身体的不再是兽皮麻丝，而是用绸布缝制的衣裳。琮用来饮酒的器皿不再是野地里的瓠子做成的瓢，而是在土窑里烧出来的精美的酒具。良渚国的巫师和子民觉得他们的大酋长和他们不同了，唯一人独处高处，衣食有人供养，而民众处在低处，不狩猎不种地就得饿肚子。

　　面对良渚国的景象，大巫师珣开始了担忧，他一直在忙碌之中，不断向神灵祈求，寻找一个君民平等的突破口，以化解这种不断加剧的不平衡。

　　大巫师珣如果只想为大酋长琮做好服务，让他顺利登上王位，就不会引起后来的麻烦，偏偏珣有自己的想法，而且逐渐产生了劝君之心。都说酒壮尿人胆，那天珣到大酋长琮的宫殿去进献一把他刚刚打造出来的兵器玉钺。大酋长琮仔细把玩，爱不释手，一高兴就执意要珣留下陪他喝两杯。大酋长琮本来是想借着酒劲，跟珣商量王冠加冕仪式的诸多事宜，结果几杯酒下肚，话题却越跑越偏，后来大酋长琮逐渐产生了情绪，加冕一事无法再提。

两个人都喝得有点多，大巫师珣的嘴开始管不住自己的心，内心的话像小溪流似的欢快地直往前涌。他一开始夸赞大酋长琮如何英明威武，从一个平民走进宫殿，成为万人景仰的首领，说到后来，核心问题出现了，一个什么样德行的人才配加冕成为良渚王，才能使良渚国的景象更加辉煌……珣借着酒力，讲话从开始时像小溪流，到最后如滔滔不绝的大江大河，这些话他憋在心里很久很久了，从来没有机会倾诉。和谁说呢？谁都无法理解他的心，他的灵魂在天上，在沃土里，他有与万物对话的能力，连天上的鸟都能听懂他的话，水里的鱼都能感受到他生命的磁场。可是许多时候，人是蠢笨的，只看到眼前的事，只为一口食而活着。只有珣知道人要向上发展，仅靠这些是远远不够的。

大巫师珣和大酋长琮曾是患难与共的好兄弟。这些话如果不对大酋长琮说出来，只能烂在珣的肚子里，带进坟墓中。不说出来，大酋长琮怎么知道他的思想呢？他要辅佐的王，是子民们千秋万代的王，一个大酋长要脱胎换骨才能成为王。换句话说，大酋长琮还需要为子民们做更多的贡献，才能成为顶天立地的良渚王。

大酋长琮和珣一样，喝得酩酊大醉，但他的心是醒

着的。珣的一席话让他从高处跌落到低处。珣的满腔豪
言壮语没一句是假话，都是实话，可是这样的实话在大
酋长琮的心里扎下了一根长长的芒刺，让他的心流血。
他开始怀疑自己的能力。巫师说得没错，如果没有珣的
辅佐，大酋长琮没有今天，不可能拥有这样壮美的王国。
可珣这些话的含义是什么？背后的目的又是什么？难道
是他的德行还不配做良渚王？那谁配呢？如果真是如此，
他将从云端摔落到地面，不再被人敬仰。那怎么行！只
有大酋长才配做良渚国的君主，只有琮身上才有王者
之气！

二

　　酩酊大醉的珣是被人抬出大酋长琮的宫殿的。

　　第二天醒来，珣回忆昨天晚上与大酋长琮喝酒的细
节，顿时灵魂出窍。残留的记忆让他恨不得马上割掉自
己的舌头。他知道自己闯下了弥天大祸，而且是灭门之
祸。他说的话真的是逆天了。

　　对即将登上王位的大酋长琮，怎么可以讲那些冒犯
之言？虽然大巫师有通天的本领，但在大酋长琮面前也
必须服服帖帖。大酋长琮封王在即，珣作为子民，居然

037

斗胆进谏，酒后吐真言，大谈治国策略，表示目前还不是大酋长琮登上王位的最佳时机，琮还需要建功立业，方能使万民归心，城邦永固。这些话，用得着你珣来说吗？称王的时辰自然得由王者自己决定。

就在珣看到天上的北斗星移位的时候，他知道自己的大限快要到了。自那次醉酒后，珣就开始安排自己的后事。尽管大酋长琮并没有立即行动，既没有惩罚他酒后失言，也没有再提称王的事，但珣知道大酋长琮记住了他的话。珣在掂量自己与琮的关系，珣深知像他这样功高盖主的大巫师，也许不能再给良渚国带来幸运。自那以后，大巫师珣和大酋长琮渐渐疏远，没有了从前的亲近。大巫师珣奔走于民间，他要用自己有限的神力帮助黎民百姓完成一桩桩未了的心愿。大酋长琮登上良渚国王位的日子，或许就是大巫师珣的忌日。

平心而论，大酋长琮是舍不得大巫师珣离他而去的。他们共同开疆拓土，建立城邦王国，珣帮他谋划，制定法则，他们情同手足。如果没有珣，也就没有今天的良渚城。良渚国的每一道沟渠，每一件玉器，每一把石斧，每一件炊具，都是珣用心血凝成的。美丽洲上的竹筏是珣的设计，沟通内城与外城的水利系统，他更是耗尽了心力，还有建筑城池的规划图也是他亲手绘就。大巫师珣真正有通天的本领，只要是他想干的事，就没有做不成的。

大巫师珦具有上连天、下接地的通灵法力，为良渚国风调雨顺、趋利避害立下了汗马功劳，何止是功高盖主？大酋长琮的神勇令人敬仰，但他心中时有不安，这不安是无声的且具碾压式的，最要命的是珦的通天之力胜过了他这个大酋长，在民众心里声望极高。涌向珦身边的人越来越多，琮尚未戴上王冠，就已经尝到了孤家寡人的滋味。身为大酋长，琮恨不得用石斧把珦的脑袋砍成两半，看看那脑子里是不是真的有智慧之虫，哪怕能分一半给他也是好的。

大酋长琮被自己这种疯狂的想法吓了一跳。这怎么行呢？珦可是他的好兄弟，哪怕动他一根汗毛，天也会发怒的。伤他，如伤自己，何苦呢？再说，伤了他，别说登上王位，就是大酋长也别想当了，千千万万的子民不会答应。

大酋长琮看着如日中天的大巫师珦每天红光满面，全力以赴在良渚大地四处奔忙的样子，心像落在油锅中煎熬一般难以忍受。琮很想很想再次和珦一醉方休，解开心结，可是他感觉到了，珦在刻意躲着他。忙碌，只有忙碌，才能让大巫师珦忘记与大酋长琮之间的不愉快。凡有人求他帮助，珦必答应，他要在有限的生命中为这块土地尽量多出一份力。

　　两人僵持了整整一个季节，始终没能找到可以修复如初的机会。眼看着预定的登上王位的日子临近了，不能再这样无休止地拖延下去了，大酋长琮决定不再受这种如芒在背的折磨，他希望找到一个两全其美的办法，打破他和珣之间这种耗费心力的沉默。

　　如果有一种办法不需要珣时刻跟随左右，又能得到上天的护佑就好了。大酋长琮在宫殿里冥思苦想了很久，始终不得要领。有一天，他信步走向水田，看到一个小孩子和一头小水牛玩耍的情景，突然灵光一闪，一个极好的想法涌上心头。

　　如果大巫师珣能打造一个听从王者指挥的，并且能巩固王国疆土的通灵神器，大酋长琮不就可以高枕无忧了吗？这个要打造的东西到底是什么，他一时说不清楚。但他希望由珣打造出来的这件神器一定要举世无双，既能护佑众生，又能对众生产生震慑力，并且在他千古之后能够继续主宰这个世界——主宰众生的灵魂。

　　大酋长琮为自己的想法在心里喝彩，心头的乌云顿时烟消云散。对，哪怕走到天边，也要为珣找到一块通灵的石料，否则他无法打造出巧夺天工的神器。这件神器要像太阳般温暖，像月亮般清凉，像鸟儿可以飞翔，像草木般茂盛，像冰晶一样透亮，如溪流秀丽，似山河壮阔，总之要集天地之精华，能够护佑良渚国的一切生灵。还有一个关键所在，这件神器必须要能象征至高无上的权力——王权。

神器自然是由玉石雕琢而成，它将成为王的另一双眼睛，必须是这世上独一无二的不可替代的符号，时刻守护着良渚国的每一寸土地。大酋长琮再也沉不住气了，他想立刻见到珣，向珣讲述满脑子里装着的这个四不像，不仅会飞、会跑，而且会唱歌的玉石神器。他要通过大巫师珣的双手把它造出来，成为自己的化身，成为良渚国的徽章，供在高高的祭坛上，让万民跪拜。

三

采集玉石料并不困难，良渚国依山傍水，河水清澈见底，重峦叠嶂。如此的好山好水就是盛产上好玉石的风水宝地。大酋长琮立即召集群臣，制定了寻找又多又好玉石料的方案，以供大巫师珣取舍，设计制造一个有王者之气的神器。

大巫师珣与大酋长琮再次在宫殿相见。珣在知道琮的想法后，很是欣喜，主动接下了这枚烫手的山芋。作为一个一辈子雕刻玉的大巫师，珣心里明白，这将会是他一生创作的巅峰，多少年不断挑战自我，等待的就是今天。大酋长琮告诉他要设计一个前无古人、后无来者的玉器，需要珣把毕生的才华与灵力融入这个设计中，同时提出极为苛刻的要求：珣必须时刻念着琮的模样，要把他的神识捕捉到，渗透到神器的创造中。

聪慧如珣，他一眼就读懂了大酋长琮的眼神，知道他需要的是一个代表王权的神像。这个神像代表着王者的意志，且拥有四海八荒的灵力，还有大巫师毕生的智慧。

琮相信珣的能力，如同相信他自己的能力一样。珣本是神派到大地上的使者，心智远比大酋长琮要高若干个等级。对于这一点，大酋长琮从来深信不疑。

珣的心门打开了，他认为这是造福良渚众生的一次绝好的机会，以自己尚存的神力，毕其功于一役。打造一个护佑良渚的神器，比他在民间奔忙，帮助一人一事要好得多。

珣主动与琮进行了一次长谈，把自己的设计理念告诉了琮，并请大酋长琮放心，为了良渚国江山永固，为了子民生活安宁和谐，他会全力以赴，不惜献出生命。珣在心里还留了一句话：这块灵玉除了留给良渚国尊贵的国王，它还将植入良渚国人的意志，留给良渚的后人，留给良渚的未来。

大巫师珣提出自己必须留在宫殿里，需要从观察大酋长琮的眼睛开始，把大酋长琮的意志和神识逐渐融入玉的模型中。

大酋长琮欣然准允，给珣专门安排了一间屋子，里面堆满了民工们采集来的玉石材料。住在大酋长宫殿里的珣，每天都与大酋长琮打照面，好让大酋长琮随时告诉他内心的想法，更多的时候，珣用眼神和琮对话。珣想，这样也好，和大酋长琮保持零距离，对他完善设计思路是有帮助的，省得他在民间被更多的俗事牵扯，无法定心完成这件盛事。

此时的珣已不再是他自己，他的心魂在一屋子玉石料堆里翻滚、跳跃，他把身家性命彻底交给了良渚国，交给了大酋长琮。离开家时，大巫师珣吩咐族人管理好家族的手工作坊，打造好生产用的各种农具，月圆之时要去祭祀的高台观望天象，特别是北斗星的方向。他没敢告诉儿子琪自己的命其实与天上的北斗星关联，如果哪一天北斗星移位，他的命将休矣。这些话要等到他大功告成才可以告诉琪，如果事先说出去，泄露天机，整个良渚国的命运都可能会改写。因为他不知道喜怒无常的大酋长琮下一秒会想出什么样的主意，而最终受灾的总是良渚百姓。

入住大酋长宫殿的第一夜，大巫师珣做了一夜的梦。这个梦很奇怪，但是他想不到正是这个梦改变了良渚的大运。

梦中，他脑子里有一万只看不清面目，人不像人、兽不像兽的活物在良渚大地上奔跑，天空中长着花冠羽毛的彩鸟在飞。它们没有头，没有脚。各种野兽，包括部落里圈养的猪、鸡等动物，走着走着脚就丢了。他梦见蛇身上长出一对银色的翅膀，它体形庞大，背脊宽宽的，自己骑在它的背上腾云驾雾飞上天空。在他的身后，还坐着他的整个家族。在天上，只有星星相伴，轻柔的云朵像一朵朵花一样，把他和腾空而起的蛇身托住。所有的动物都变成了四不像，人也变成了四不像，他们没有脚，只有翅膀，身上穿的不是绸布，而是长出了羽毛。所有人都像被下了魔咒，全部跟着起飞，一离开泥土，手脚顿时消失，全变成了翅膀，他们慢慢离开大地，越飞越高。这是一个怎样的世界，好像作坊里会转动的轮子一样，把世上的一切全卷进轮子里，转个不停，根本无法停止……

没有脚的感觉真好。用脚走路太慢太累了，翅膀很轻，能量却很大，是脚无法相比的。以往，大地上的人挤挤挨挨地拥在一起，发出很大的声响，影响了珣的灵性思考。梦里的一切无比通透，他在梦里感受世界的博大、精深、善良、友爱，感受野草拔节、山泉奔跑的自然之声，更重要的是感受自己心跳的频率和节奏是不是与万物相谐。这个感悟的世界对珣来说至关重要。

据前辈们说，会做梦的巫师更能获得天地间的灵气。梦是一个巫师最好的隐身衣，会做梦的巫师不仅能躺在床上做梦，就是大白天随便往墙根底下一坐，也能做一个华丽的梦，并获得自己想要的东西。珣老早就达到了这个境界，随时能催眠自己，进入另一个世界。而现实世界，有许多俗事让人很难受，束缚了人的天性，只有梦能穿越这个瓶颈，让人解脱对现实的恐惧、烦躁与种种担忧。所以梦是每个人身上看不见的大氅，它把美的丑的、好的坏的、善的恶的，全部包容进去，消化吸收成自己的能力。一代代巫师培养自己的基本能力，首先要学会做各种各样的梦，坐立行走随时都要能够进入梦境。在现实中，人们看见的只是残酷的现实，无法消解这个现实，但在梦里，有一万种可能把现实中的一万种无奈全部消解干净，谁说梦不是一个好东西呢！

在梦里，可以卸下全部的伪装，卸下沉重的肉身，只需要留下一对翅膀和一个清明的头脑。在梦里，月夜皎洁，珣远离万顷碧浪的稻田，卷起身体跟随腾蛇升空。时间不再流逝，无边无垠的星空，每一颗星星都是人类的希冀，是这永恒世界的永恒光芒。

大巫师珣是被这个梦给吓醒的。醒来后，他竟不知道自己身在何处，只记得自己在梦里跟在没头没脸的人后面飞着。他在半空中俯瞰良渚大地，黑压压的人围住了城池，每个人手中都举着火把，向城墙附近的粮仓方向涌去。远方的火花聚成一座流动的火山，把良渚的半边天映红了。梦里会飞的老虎、狮子张开血盆大口，只要是活物，都被它们扑倒。大地上一片红在流动，像血，像云，像遍地的野红花。空气中能闻到焦枯的味道，是人的头发被烧过的焦味。人们像没头的苍蝇一样到处乱飞……梦中的景象神奇怪异，让珣感到了恐惧。这不是逆天又是什么？在人兽不分的场景中，珣预感不妙，那些人不像人、兽不像兽的东西意欲主宰这个世界，非人非兽者即是妖孽。良渚难道要变天了？可能真的要变天了呀。

黑暗连着黑暗，连星星都看不见了，一片混沌的世界。

四

这个梦的夜，天空昏暗，河流在寂静中流淌，虫子在嗡嗡歌唱。大巫师珣僵硬的身体在黎明前开始回软。

天幕即将揭开，万物复苏，太阳爬到珣房间的窗口，在窗户上绽放出微黄的光圈。此时此刻，珣的魂才渐渐回到纠结了一夜的肉身。这一夜，他的整个身体像被下了魔咒，硬得像一块木板似的。太阳真好，第一缕光照亮了他的魂，世界如此安静，噩梦中潮水般的巨浪消退。

珣并不认为自己只是被梦魇压住了肉身，他相信梦里的一切都会成为现实，只是时间问题。他没有把梦告诉任何人，更不能让大酋长琮知道，因为梦境与记忆是最不可靠的，它是动态的，充满了无数的不确定性。一旦说出来，大酋长琮会小看他的神性力量，甚至会认为他在蛊惑人心，一个深藏不露的大巫师是不会如此幼稚的。

梦到底是真是假？是预言还是妄言？珣相信自己的感受是真切的，他的许多灵力都是从梦里得到启发，梦有时候比真实的世界还要可信；往生与现世人的灵魂都能相遇，天眼亦曾由此打开。在梦里的生活方式是自由的，没有害怕与遮掩。白天在人群中，聒噪的声音会吞噬掉一个人的生命精华，使人像行尸走肉一样干瘪、无趣。梦里的一个人抵得上白天的千军万马，全身心自由地飞舞、创造。珣认为大酋长琮就是一个从来都不会做梦的人。不会做梦的人不仅不可爱，而且很可怕。因为这样的人太现实了，他们不会相信梦的存在。

琮曾和珣讨论过梦的问题，并问珣为什么他不会做梦。珣告诉琮，那是因为各人的灵力不同，就像琮子承父业，生来注定就是大酋长，将来还可以称王，这些都是天命所向。天道把不同的人分类，什么样的人做什么样的事，就像珣拥有与天地万物对话的能力，听得懂兽语而别人却做不到一样。每个人来到这个世上，都有自己的使命。大酋长琮的使命就是调动大巫师珣身上的神力，如果珣的神力无法满足大酋长琮的要求，那肯定不是琮的错，而是珣的错，无以回报大酋长就是愧对苍生，这将毁了珣的家族世代巫师的名声。

黑暗的尽头才是光明。那点点星辰，由神灵的眼睛变幻而成。天地间无尽的生机就是从日月星辰中来的。那里所有的机密对珣来说已不再是秘密，而是他怎样去用好它们的问题，让沧海桑田的巨大变化融入心中的《连山》图谱中，造福于苍生大地，每一片土地上都有一双眼睛，珣要找到土地的眼睛，才能达成心愿。他甚至认为，人类是不需要语言的，太累赘，且言多必失，就像他酒后失言，铸成的是不可饶恕的大错。语言容易被权力篡改得面目全非，陷害忠良、包藏祸心的语言是带罪而生的。一张先天八卦图就是整个大千世界，只要学会它，每个人的脚下都能生出太极，太极生两仪，两仪生阴阳，阴阳交融万物生。

说起八卦，良渚国从上到下，真的没有人懂，这种本事只为巫师家族所独享，然而道行浅的巫师也只是一知半解。若想获得八卦的真谛，得从小时候开始学起，日积月累才行。万物守恒，一切皆有代价，盛到极时便是亏。比如大酋长琮，他已经拥有了治理良渚国的权力，可是他还想拥有巫师家族的灵力。这灵力不是谁都能拥有的，要有悟性。琮要得太多了，必遭到天谴。

珣从天象中看到了琮的结局，只是他不能说，说出来也会遭到天谴。谁是谁的王，不是谁称了王就是王，王是万民的化身，是万众一心归顺天意。

良渚国在还没有王的时候，人人都是自己的王。妇女们种桑养蚕，织成丝做成衣裳，她们每个人都是蚕桑王国里的王。手艺人在作坊里打造工具，他们成为器物的王。当少男少女们穿着丝织的衣裳坐上手艺人扎的竹筏，去远山上卿卿我我之时，织丝的妇女们望着年轻的身影笑了。那是她们的孩子在延续她们生命的王者。种田的要在田里挥汗如雨，他们是泥土之王。太湖之滨的万顷土地上，长着桑麻、稻子，铺天盖地的野草一路欢歌，等待人们去采摘，这些叫草的植物好多都是能吃的，也有有毒的草，经过先辈们的以身试毒，后辈才知道哪些能吃，哪些不能吃，并把这些经验一代一代传授给后人。

珣很清楚自己要做什么，怎样把自己的大脑嫁接到大酋长琮的脑子上。最重要的是先要化解这个梦，不管

良渚王

梦中的事会不会成真，都要把它扼杀在萌芽状态。珣把能想的后果都想了，越想越害怕。自己的生死倒是次要的，受连累的将是良渚国的子民们。他是这个城邦的大巫师、有德者，从良渚人在此开荒拓土开始，他们这个家族就世代为巫觋，成了良渚国的神人，成为世代大酋长的代言人，他们拥有与神灵沟通的能力。他们享尽了普通人享不到的福报，提前悟透了天机。自从他的先人拥有了极高的悟性，知晓了《连山》《归藏》先天的精髓后，他们家族便注定了一代代人都从事巫师这个职业。先祖们都知道一个道理，天机不可泄露，否则必遭天谴。因为窃了天机的人，必须付出代价，盲、聋、哑、驼都算是小事，严重的甚至有可能亡族绝后。

　　珣听父亲说过，祖上有好几个顶级的巫师就是因救苍生泄露天机而遭到天罚，过早地被天收走了魂魄。父亲说《连山》《归藏》二经非常强，这两种连天接地的气一旦被某个玄学巨擘吸纳，这个人所产生的气场任何人都压制不住，包括他自己，都会身不由己被二气牵引，做出自己不想做的事，要么是成全整个世界，要么是毁灭整个世界。《连山》《归藏》是先天八卦，它们是认主人的，一旦认主，任何一种力量在它们面前都是弱势的，这二气能得其中之一者已是凤毛麟角，二气全得者，将拥有非凡的创造力：催动古人尘封的符文，开启一个新的天地。

这是好事，同样也是坏事，因为牵一发而动全身，一动皆动，世间的乱象也由此开始。天总是高高在上，为万人景仰，可望不可即。所谓乱易生非，因此这二经有许多缺陷。如果后代谁有能力把两部经合二为一，再生成一本新的经书，规避先天二经的强盛之力，世界又将是另一种样子。珣的爷爷没能等到那一天的到来就归天了。珣的爷爷想要的和平新世界里，没有争斗，没有贫富之分，人人都可以通过自己所学，规避或战胜自然中的种种灾难。它应该是人人都懂得的经书，孩子从开蒙时就要学习，只有懂的人多了，这个世界才能真正走向平衡。

第三章 四不像神兽

一

巫师家房顶上成群的鸟在欢迎这个被它们称为神使的婴儿，良渚国高高的祭台上，珣雕刻的神鸟像周围，也落满了鸟。它们首尾相接变成了一个圆圈，把祭坛上的玉石鸟围起，祭坛的上空响成一片，虔诚、庄重的鸣叫似乎要将玉石鸟唤醒，加入到它们的行列中，跟着它们去飞翔。它们在寂静的天空下尽情地舞蹈，这样的奇观自良渚开国以来从来没有人见过。几乎所有的人都停下了手中的活，不由自主地拥向祭坛，去观看这个奇观。波澜不惊的良渚大地上，这样的奇观百年不遇。百鸟朝凤，天地和鸣，只因为一个良渚巫师家族的孩子降临大地。也许是受到百鸟的启示，人们兴奋地围着祭坛，像鸟儿一样围成了一个圆圈，他们跳起古老的舞蹈，唱起了从祖先那儿学来的无字歌谣，只有一个加长音，由高到低，再由低到高，一腔到底，绵延开去，在老远的地方都能听到。这一切都是奉始祖鸟的旨意。

这个神使一样的孩子来了，来改变这个世界。人人都是天的奴仆，只是天道轮回中的一枚棋子而已，是国家的棋子，也是自己的棋子。如果天要我们成为棋子的话，那么人人天生就是暂存于世的实验品，所有人都活在一个命运的容器中，天运和国运。因此人的命运一半在自己手中，一半在神的掌中。只有懂得了先天的旨意，才能修得半生的命缘。天怎么可能跟着人意走呢，真是痴心妄想，白日做梦。不随天意，那人世间的浩劫将真正来临。王的世界里，天是他自己，而在巫师的世界里，天是大自然与众生的和谐。天地为棋局，众生为黑白二子，天执白子，地执黑子，人只是天地的一个太极点，只是一场三界博弈的过程，万变不离其宗。面对天地，人类求真，才有出路。

这些鸟，是不是天上的神使派遣来的？它们的出现是为了把琪接引到这世上，来完成命定的使命。

二

珣的父亲老巫师璯的想法并非虚无缥缈。他快要离世的时候，儿子珣正值壮年，孙子小巫师琪已到了开蒙的年龄，孩子的先天悟性很高。生在巫师这个家族的小孩子，天生与众不同，远比同龄人成熟，从小就要接受父辈们的训练，为日后成为一个大巫师打下良好的基础。小的时候，老巫师璯给小孙子琪捉了一只小兽，初衷是怕他与同龄人不合群而太孤单了，有个玩伴。这只猫非猫、虎非虎、狗非狗的四脚兽和琪如影随形，任何人都捉不住它。它头上长着一对尖利的角，形状像猫的耳朵，四条小短腿像四根小柱子，撑住短小粗壮的身子，每只眼睛有两个瞳孔，白天是金黄色的，到了夜里，像探照灯一样，发出乌绿乌绿的荧光。小兽背脊上的毛是五彩斑斓的，像七色光，它的脸一半是黑色的，一半是纯白的。这是张阴阳相称的脸，一半是白天，一半是黑夜，三分如天使，七分似魔鬼，无喜亦无悲。这只四不像的小兽陪着琪度过了童年，他们一起长大。璯当年为了给孙子寻到小兽，在树林里蹲了很长时间。他要等那只母兽产下小崽，在小兽崽还没睁眼的时候就把它抱走。

　　老巫师瑢悄悄抱走的是一对闭着眼睛的小兽崽，抚养到它们自己会进食之后，把它们放归了森林，任凭它们繁衍后代，不断壮大。等到他再去寻找放归的成年兽时，没想到整个森林里只剩下最后一只怀胎的母兽。瑢知道这只兽的来历，它是森林里最强悍的四不像家族的成员，正因为它们的强大与珍贵，捕猎它们的人太多，四不像家族几乎遭受灭顶之灾。上古神兽濒临灭绝。

　　这只四不像母兽受伤后被瑢发现，瑢救了它一条命。四不像母兽很通人性，伤体痊愈后，便和瑢寸步不离，它感觉这位白胡子老人不会伤害它，况且它肚子里怀着孩子，需要有个依靠。

　　老巫师瑢到部落里告诉大家，他身边的四不像母兽是森林里的最后一只上古神兽，谁也不可以伤害它，否则谁来保护森林？母兽的身子越来越沉重，走路都困难了，更别说找食吃，瑢为了让母兽不挨饿，到林子里逮鸟喂它。

　　夜幕降临，母兽跟在瑢后面回到茅草屋，开始的时候它很怕瑢茅草屋里会跳舞的红花，因为它曾看到那会跳舞的小红花把幼崽的爸爸烧成一块黑焦炭。母兽闻到幼崽爸爸皮毛的焦枯味，躲在密林中，泣不成声，心在颤抖。它认定了红色的花——人类称之为火的东西，夺走了小兽父亲的生命。

现在，整个良渚大地上只留下这一头母兽。在每一个傍晚时分，百鸟归巢，森林慢慢寂静下来，它会沿着灌木丛边的小径转来转去，盼望小兽的父亲能够出现。可是直到圆圆的太阳下山，白白的月亮升起，它都没能等到小兽的父亲。直到它受伤后遇到璿，这个像小兽父亲一样的人，竟然能听懂它的语言，知道它内心的疼痛，抚摸它背上灰色的皮毛，和它轻声细语，它也会用自己的语言回应这个慈祥的老人。可以说璿是它现世的父母，它跟着璿在森林里行走，一人一兽相依为命。

可是，它到底是一只兽，在它最孤单的时候，会独自站到一个崖壁上，向远方眺望，远方的远方是它的老家。不知道从哪一年开始，四不像家族里的子孙们在家乡无法生存，被人类赶到了南方的蛮荒之地，四处藏身，以免遭灾难。人类数量增长的速度很快，越来越多的人跟小兽们争夺生存空间，人的心机越来越重，占据的地盘越来越大，导致食物越来越少，杀戮四起，兽的家族节节败退，最后退到无路可逃，变成了一张张挂在草屋泥墙上的兽皮。

现在，它不得不倚仗人类走完最后一段路，只为把肚子里的小崽平安地生下来，延续四不像家族的香火，如果它独自生存，它们母子注定没有活路。森林里的陷阱太多了，防不胜防。它幻想过自己的死，看到崖顶之下白色的琼浆玉液，看到死去的自己挂在岩石上。它的灵魂在反复诉说一生的悲欢离合，崖石从它的身体里穿过，死神不会放走它这只逃命的兽。它在寒冷的深渊里漫游，到处都有黑蜘蛛网包围着它，一只古老的蝉在前方引路，要把它的魂拘走。它的身子泡在一片冷冰冰的血水里，骨头被腐蚀得越来越软。它竟然在红色的血水里做了一个醒不过来的梦。水流中长满了青苔，露珠跌落在兽的皮毛上，枯萎的草木在燃烧，它终于找到了最后一点温暖。梦中燃烧的气味把它惊醒，原来这一切都不是真的。

母兽在快要临产的时候做了一个很长的梦，像大巫师珣做的梦一样怪诞。梦里祖先们支离破碎的骨殖散落得到处都是，那些骨殖发出呜呜的哽咽声，它们消散的魂在空中飘荡，没有归宿，森林被烧成一片灰烬，死的死，伤的伤，只有少数逃出了森林。那些久久盘旋的魂灵找不到自己的家，最终化成一缕青烟飘向黑暗的深渊。

母兽背负着整个四不像家族的使命，为了让腹中的幼崽能够活下来，重返原乡。

幸亏遇到了懂得兽语的巫师，他对它真的好，像父母一样慈祥。是的，他把它当成了自己的孩子。母兽想过，如果它死了，小兽托付给老巫师璮，它就安心了。

母兽产小兽的时候是个深夜，它痛苦地呻吟着，璮抚摸着它的脑门，让它安静下来。雷雨交加之际，小兽娩出。璕用准备好的布把它身上的血污擦干净，抱到母兽的腹下喂奶。母兽诞下小兽没满月就死了。璕把它葬在一棵大树下，把小兽抱进怀里，一把火烧了他和母兽住过的茅草屋。他不想让母兽留在森林里化成腐骨，魂却在天外流浪，它的魂应该归天，回到神居住的地方。璕要带着小兽回到人居住的地方，想办法用羊奶或狗奶喂它，哪怕用人奶，也必须养活它。这只唯一的四不像小兽和他的孙子琪一同出生，它是他的另一个孙子，而且小兽与众不同，它的眼睛是双瞳的。

其实老巫师璕死的时候小巫师琪并没能见到，包括家族里的所有人都不知道他的死讯，是他身边那只阴阳脸的四不像小兽来报的丧信。璕走的时候，只有它在身边。当时老巫师璕正在祭台上做一场祭祀的法事，突然间天降暴雨，雷声滚滚，目力所及的周边却是艳阳高照。璕被天雷与一道白光带上了天，而他的孙子琪正高烧不退，昏迷不醒三天三夜，做了三天的梦。

老巫师璕归天后，那只四不像的小兽来到了琪的床边，眼睛里蓄满了泪，毛被打湿了一片，它守着他三天三夜，用毛茸茸的爪子轻轻扑打他的头脸，温热的鼻子贴在他的脸上，目光在他身上游走。等琪醒过来的时候，小兽柔软的爪子放在他的掌心，是这暖和湿润的鼻息唤醒了琪。

在梦中，琪和小兽融为一体。小兽伏在他的胸口，举起前爪，有节奏地轻轻地给小巫师踩神阙穴。它并不懂穴位，而这个神阙穴是人的命根子。它就这样一点点给琪赢弱的身体注入活力。一脚，两脚，三脚……小兽不知疲倦地踩着，将它柔软的脚印像印章一样印在小巫师温软的腹部。它感受到他的生命正在远去，心脏跳动无力，气息渐渐微弱。"一定要唤醒他，一定要用你躯体的力量唤醒他！你是上古的神兽，身体里有无穷的灵力，这力能摧枯拉朽，亦能拯救世界。相信自己，使劲，使劲。"璿的声音在小兽的耳边响起。小兽加大了脚下的力度，闭起双眼，把自己全身的力都凝聚到两只粗壮的前爪上，用力地踩在小巫师琪的命门上。如果可以，小兽愿意把自己的心脏换给这个人类的孩子——和它一样的小兽。璿临走的时候告诉过它，人是兽变的，兽也是人变的，互为一体。它出世的时候母亲走了，现在那个像它父亲的人也走了，它是个失去父母的小兽崽。而这个人类的婴儿和它的命一样，出生时母亲就难产死了，只不过他还有父亲，而它的父母永远走了。

三

　　老巫师璜在归天前，用兽语和小兽说过一段话，他对小兽说："你是我的孩子，是森林之子，亦是人之子，是良渚国最后的神兽。现在我要走了，无法陪伴你。我走后，你就成了我，我就成了你，因为我把一部分灵魂给了你，从此以后你就是巫师家族的一员，你要守护好巫师家族，特别是我的这个孙子琪，他将是巫师家族中最重要的继承人，承担着护佑良渚子民的使命。你要成为他的亲人，他也会像你的亲人一样守护着你。"

　　在琪的梦里，爷爷变成了一位忍者，背后的皮肤是一张纵横交错的图像，幅员辽阔，连天接地，这张图在后来被人类称为世界地图。爷爷的魂魄背负着这张图走向四海八荒，充满污渍的身体里的火彻底熄灭，只留了这张图。他隐身进昆仑山脉的一处灌木丛中，在一块柔软的草上躺平，背上的《连山》《归藏》图蕴含无尽的先天之气，乃先天灵气之源，与大地融合，他把自己变成了一丛野生的灌木，变成山中的一只野狐，穿过荒野，飞越到山巅，他的膝盖上还有一块巴掌大的伤疤，那是为了保护四不像小兽与狮狼搏斗时留下的痕迹。

　　璿给后人托梦，他要去寻找人世间最光明的地方，纵使孤独无援，总能找到那个世外的桃源，他要让每个人都沐浴在光和热的世界里，远离疾病与灾难，远离洪水与瘟疫。

　　璿的死在巫师家族成了一个谜。璿和他的儿子珣靠着《连山》《归藏》二经的智慧护佑着良渚国的子民，他们知道浩劫迟早会降临人间，他们一直在等待后辈之中的天选之子出现，来阻止这个劫难。直到天赋异禀的小巫师琪出现。就像炎黄二帝带来了华夏文明，文王姬昌改先天二经为《周易》，姜太公引领了封神之战，圣人老子、谋圣鬼谷子掀起了黄河神宫封灵大阵一样，按理说那时候的人绝不可能通天晓地，若没神人指引不可能有此觉悟。璿就是一个掌握先天二经的指引者。他的出现不仅改变了一个时期，更是为未来做了许多的谋划。

　　璿走后再也没有人提起过他，但他时刻出现在每个人的梦里。在每一个后来者人生的转折点上，璿总会托梦给他，告诉他脚下的路应该如何走。璿成了这世与那世的接引之灯，照亮后人前方的路。在梦里，璿对孙子琪说："活着的形式决定不了什么，留在心底的才是永恒。"

　　小巫师还记得爷爷的样子，内敛沉稳，仙风道骨。璿从琪出生前就开始布局，并坚信等到了孙子这一代绝

不是只关乎一个人的生死场。璜把棋盘上的秘钥留在了
良渚国。璜的死很不简单，他是在祭坛上为良渚国祈福
时，引来天雷，提前结束了自己的生命，从此深埋黄土。
只有小兽目睹了璜的死。长大后的琪梦见了那个壮烈的
场景。爷爷口念咒语，一道天雷从他头顶劈下，如果单
是天雷则劈不死璜，他是念起了无雷诀，故意让天雷与
自己的心雷联动。那一刻，他让自己的身体在瞬间被巨
雷震得四分五裂，灰飞烟灭。随着他身体的湮灭，天空
中降下了一场血雨，落在良渚的四方大地，落在小兽的
身上，染红了它的皮毛。小兽的眼中流下了红泪，那是
主人的血。这不是一般的血雨，每一滴都蕴藏着巫师家
族的法则与血脉之道。

四

在一个时晴时阴的日子，琪怀抱小兽去荒野练习观
气，这是父亲在世时要求他每天必做的功课。从小到大，
不管是晴天丽日，还是风雨雷电的日子，琪都会跟着父
亲去荒野感受自然界的不同气场。父亲说过，只有与自
然中的各种气融为一体，能够用身心驾驭住气，才算是
一个合格的巫师。驾驭自然中的一切气是成为一个合格

巫师的不二法门。所以，琪从不敢懈怠，哪怕外面下刀子，他都会带着小兽走出茅草屋，到自然中接受历练。琪和小兽静坐在一座小山丘上，小兽目视远方，神情肃穆，好似入定。它的主人双目紧闭，像一棵树定在山岩上，纹丝不动。

琪此时忘记了自己从哪里来，要到哪里去。自父亲走后，他每天在熬日头，熬得面黄肌瘦，骨头变轻，血液似乎要停止流动，无尽的幽暗袭击着他，生命的根被利斧斩断。琪的脑子里悬着一把石斧，是父亲最后为良渚王打造的玉钺，中间那个像太阳一样的圆洞，把他的魂给抽走了。

就在琪怀念远去的亲人时，小兽的耳朵竖了起来，它突然发现远方出现了异象。一群鸟在山上盘旋，空气里暗香流动。小兽感受到这种气息与平日有所不同，不是植物的香，这香只应天上有。

离他们不远的地方，一缕紫气升起，幽幽地向他们飘来。瑒走的时候，小兽才巴掌点大，现在跟着琪慢慢长大了。部落里的人感到好奇：这狗不像狗、虎不像虎、狼不像狼且长着双瞳的小家伙，从来没有叫过一声，像个小哑巴。它每天跟着琪，像影子似的贴着他的脚后跟走。一人一兽都不开口，倒也般配。

小兽喉咙里发出的呜呜声打断了琪的思绪，它还迫不及待地举起前爪拍打琪，喊他看远方的紫烟。琪和小兽不敢相信自己的眼睛，那紫烟袅袅直奔他们而来。

天上像有把刀，把这缕紫烟劈成无数的碎片，刀很快化成了一支巨橡，在天上游走，一笔一画绘出不同的符形，方圆有度，有的像谷子，有的像猪、龙，还有的像琪的小兽……小兽张大嘴巴，喉咙里呜呜有声，它破天荒地吼叫，喊得地动山摇。琪不知道它到底看见了什么，从一只哑巴兽变成一只怒吼的兽。变化的还有它全身的毛，原来贴在皮上的灰色小短毛，此时根根竖起，变成金黄色，如同射出去的金针，根根锋利。

天空一声霹雳，恨不得将大地劈成两半，一声巨响过后，山上的石头被震碎。在琪和小兽静坐的小山丘上，也腾起了紫烟，包围了这一人一兽，像一条青龙腾起，飞向空中。这一声惊雷炸醒了琪，他突然想起父亲珣对他说过的那句话：你要学会打开另一双眼……

他的眼睛是爷爷与父亲给的，这是三个人的眼睛合成的一双眼睛，这双天眼此时不打开，更待何时。天赐良机，是时候了。琪心神一凝，一股气息在脑中盘旋。此刻他和小兽的天眼因这紫烟的冲击而打开，犹神灵附体。道道烟岚在空中继续盘旋，画出琪看不懂的符文，像一个被囚禁的人蜷曲在烟幕中央。他看见了爷爷和父亲熟悉的面容在符文里飘动，还有许多和爷爷眉眼长得很像的面孔。他们目光慈祥，神情安然。琪跪地便拜。小兽昂首，吼叫在山谷中震荡，阵阵回音惊走了天幕下的群鸟。

等琪复抬头看天，天空一尘不染，先人的面容消失，唯有惊恐的小兽和他。只是小兽好像在瞬间长大了一圈，毛色发亮，双瞳更大更明亮，神气更丰盈，兽的威风猛然显现出来。琪从它的双瞳中看到自己的身影镌刻进了小兽的双眸。他不知道的是，他的命运从此发生了改变，因为他和小兽的魂魄相融，他成了双面人，一半是人面，一半是兽面。天空中有一个神秘的声音响起，并不是爷爷或父亲的声音，像上古神灵从灵魂深处发出来的声音。

那个声音在说："孩子，你将是这世上最孤独的人，像孤岛上的一只鸟，你要为天下活着，而不只是为自己活着。这是你的宿命，你别无选择。还有，你的祖先并不在这里，他们来自大海。先祖有言，大海里有龙，龙是水神。水神虽然生活在大海里，但它的责任是为大地降雨，给大地上的五谷洒下甘霖。后来有多少帝王自称为龙，那不是真正的水神龙，充其量只是土龙，还是归水神龙管。还有些人自诩为龙，那是自不量力的表现。民间有'龙生九子，各有所长'的说法，鱼、蛇、鳄、牛、马、猪、羊、鸟等动物，与云雾、雷电、虹霓等天象为一体，它们再怎么变，都有龙的影子，龙是古人与今人的根。因为有水的地方才是人类最终的归宿，龙的魂魄在于水。孤单的荒野是一种感情，要像爱上先辈一样爱上荒野，你才能先知先觉。当有一天，你能懂得天空中出现的这些符号，将其摧毁重塑，变成众生能接受的事物时，那么你就把祖宗留给你的《连山》《归藏》的先天二经融通了，融天乾、地坤二符，那么你的使命便完成了。这是先祖们对你的命令，你要当成自己内心的准则，无论付出怎样沉重的代价，都要去做，不能放弃。特别是在道义面前，你不能装聋作哑，否则你不配为人。人做出牺牲是不需要理由的，否则牺牲就没有意义了。"

第四章　大巫师和神徽

一

　　大巫师珣还在世的时候，有一天他夜观天象，北斗星的位置正好。这天夜里他听到了万兽的咆哮声，听到了天空中的一对神鸟夫妻恩爱后翅膀颤动的声音。同样地，动物们也听懂了大巫师珣的语言，他和它们同频共振。部落里养的猪和鸡不甘落后，都争着和珣说话。一群小麋鹿听到珣的咒语，从密林深处跑出来，老虎以吼声给珣应答。这一夜整个大地上的活物像吃了兴奋剂，变得异常亢奋。种种迹象都是好兆头，大巫师珣看到了良渚国的希望。

　　这是一个风和日丽的大晴天，黎明前短暂的黑暗过后，太阳扁着身子跃出地平线。不知道为什么，今天早

晨的太阳与往日不同，不是圆的，而是扁形的，像一个
人张大的红嘴巴，也像一只在林中奔跑着的红色小兽。
莫非太阳在亿万年以前就是一头小兽变的？它的存在只
是为了给众兽驱走寒冷与黑暗，照亮它们回家的路。人
类的祖先是猿，经过不知多少年的演化，猿才变成了人。
兽变成人的过程很漫长，但最终成为独立行走的人，随
后等级出现，因此阻断了兽的生存空间。大自然是残酷
的，食物的短缺、人类的猎杀、同类的侵犯，兽类不得
不退出王者的舞台，小心翼翼地隐身于丛林。从前，它
们可以与人和平共处，共享人间太平盛世，共享阳光和
雨露，可是，如今再也回不到从前，这一切像梦一样，
像一场永远也醒不过来的噩梦。

　　人道远比兽道崎岖，兽道的丛林法则遵循守恒定律，
但人道的法则变幻多端，没有定律。在祭坛上，大巫师
珣念起咒语，他需要召唤一只上古的兽灵，与自己魂契，
佑他琢玉顺遂。他还需要从兽灵那里寻找一条守恒的定
律，给人类指出一条光明的道路，由此，人才有出路。

　　为了雕刻出良渚国最神圣的徽章，大巫师珣真正把
心都磨碎了。

　　玉石做的刻刀有九十九把之多，祭祀神灵焚香的灰
烬堆成了一个小山包。小巫师琪并没有多少人生经验，
尽管父亲珣带他走过许多地方，但那只是眼观，他到底

没有太多实战经历。这次参与祭祀的重大活动，算是父亲正式把他领进门，他作为助念立在父亲身边。

一块青黄与赭色相间的玉石被小心地摆放到祭祀的高台上，庄严肃穆的祭祀仪式开始。大巫师珣穿着只有节日才会上身的华服，一件缀满羽毛的长袍，左手执木化石权杖，右手是一把小巧玲珑的玉石做的刀。他曾用这把小石刀为良渚国的子民雕刻过无数的器物，小到寻常百姓家中的礼品，大到祭祀用的礼器。

单说那块玉，并不是纯洁得没有一丝瑕疵，而是白中透青、青中带黄的土色。有些太完美的东西本身就不美，少了岁月的沧桑感，自然也就缺少丰富的内涵。玉石的棱角早已磨圆，但每一件巫师打造的器物他都能认识。这一回，他要用这把刻刀为自己的技艺再立新碑。

记不清有多少个日夜，琪的嘴角起了一圈水疱，但他双眼炯炯有神，不敢合眼，怕中断念咒无法为父亲珣加持而前功尽弃。成败在此一举，没有回头路可走。

雕刻刀在珣的手中开始了神圣的游走，从开始到收刀，要一气呵成，不能中断。他的心随刀走，刀随心意，起承转合，每一个纹路都像人身体里的经络，四通八达，通向良渚大地的山川河流，最后一刀悬在半空中，化成一只高台上的神鸟。它弯曲的爪子一只向左，一只向右，有开天辟地之势，通向祖先的元神。回纹，是良渚先祖留在大地上的标记，先祖们一直在远方注视着这方大地上的后代众生。在珣心里，始终有一只看不清面目的猛兽在吼叫，震慑着他的灵魂。雕刻的过程，他本希望给予人更大的空间，可是刻着刻着，人一直在向后退，退成祖先的慈祥面目，而兽的形象占了主导地位。良渚国的那位先贤慈爱地看着远方的兽，双手托举起兽身。连祖辈都认为兽才是大地之王，何况珣这样通晓兽语的大巫师呢。

千万种形象在珣的眼前飘荡，最终他才悟出应该给良渚国留下怎样的徽章，那就是要寻找阴阳平衡的回归路线，回到祖先的怀抱，回到生命出生的地方。

回归，即出发。

二

实乃无数生灵赋予了巫师以内力，就像太阳之所以那么温暖，因为它无需依靠外力的光和热，它自己就是永恒的光明。这世界阴久了就有阳出现，如同黑暗见到了太阳就要隐身，太阳是战胜黑暗的终极力量。可是黑暗是另一种力量。茫茫宇宙，黑暗遍布，挑战着太阳的底线，黑暗与光明同在，互相抗衡。如果我们心里都拥有一个太阳，自己就有足够的力量发出光芒，何愁黑暗的挑战。

大巫师珣万万没想到，当雕琢神器双目的刻刀划完最后一下时，他不经意中抬头，竟然看到有一股神光从琪的头顶缓缓升起，在曙光的烘托之下，这缕光芒如同游走的气流一般，迅速被神器上的双目吸入。珣差点惊讶地叫出声来，他雕刻出的双目正是在他梦里萦绕已久的神目，那双融入世间万千变化的眼睛是那么熟悉，他靠近神器端详，琪刚生下来时，睁开的那一双清澈透亮的眼睛，竟然和这双神目一模一样。

珣什么也没说，他已经疲惫至极，放下手中的刻刀，缓缓躺下了身子。神徽大功告成，突然间天降喜雨。当那个神徽呈现在大酋长琼的面前时，他惊喜得无法言说，感动得涕泪交流。

其实，称这个玉石为神徽是不准确的。它像人，似神，如兽，是人、神、兽融为一体，又非人非神非兽。它就是它自己，一个无边界的自己。它是由无数个点与线融成的天地之灵。用我们今人的视角去解读它显然是不周详的。先由上而下去粗读它，姑且把这个神徽命名为：羽人或羽兽。它头顶着一个大的凸起的羽状冠，长方形的羽毛状的帽子，像玄鸟身上直立的羽毛，姑且称之为头发，色彩斑斓的羽毛下面是皮肤。它的皮肤上画着一圈圈回形的云纹，更像麟纹。每一个纹路都是大巫师珣用咒语刻成的。它的长相亦刚亦柔，龇着牙，咧着嘴，高耸的鼻子，圆睁的眼睛像可爱的小鱼。帽子下的两只大幅度撑开的手臂，肌肉部分为回形的云纹，两两相对，每根线比头发丝还要细。这双孔武有力的手托起下面的小兽一对大大的眼睛。眼睛比人面的眼睛要大许多，双瞳圆睁，如十五的月亮。整个神徽七分像人面，三分像兽面。如果说羽冠下的人面像个温柔无比的小兽，那么下面的兽面却像一位勇猛的武士，刚柔相济，雌雄一体。更神奇的是，在兽面的两侧，刻有形象的鸟纹图案，这一笔一画雕刻出来的精细图案和四角简化的神徽图案加起来一共有十六个。

有人说神兽是巫师骑的老虎，有人说它是龙，但不像龙。龙最早的传说只是人的臆想。有人说龙最早的样子源于鱼、虎、猪、闪电等，但更多的人认为龙就是蛇的化身。而从那双坚实有力的小手，可以确定他是一个人，当为良渚人的祖先。到底是由几张脸组成的神徽，没有谁能说得清楚。只有大巫师珣知道，他是唯一的作者。他的设计理念从哪里来，这是一个解不开的谜。但有一点可以证明，神徽图案的原型来自万能的大自然，来自宇宙之灵。大巫师珣在那个时间点到底看见了什么天象，只有天知道。

或许今人可以把这个神徽理解为一个外来的生命体，一个宇宙中外星人的孩子，或者是外星球上的首领人物。一切不可知。

如若还原大巫师珣最初的念想，恐怕任何一个哲学家与科学家都不及其十分之一。在良渚国以后的玉石雕刻中，在后世林林总总的雕刻艺术中，世界上的顶级大师也无法超越大巫师珣的技艺。良渚国神徽留给后人的是永恒的惊叹。

珣在开工前，一张神像的草图已在心中成形。如他梦中所见一样，他不仅是为了大酋长琮，为了未来的良渚王，更是为了整个良渚国雕刻。用一把刀划开山河，把大地上的万民与众生灵雕刻进去。大巫师首先想到了四象局里的腾蛇，它很像父辈们说过的昆仑山上的龙，藏在山林里，隐身在良渚的稻浪深处。它身上有龙一样的麟纹，每一片纹里都刻着天上的符咒。它动起来的样子像云像雾，更像天上的风雨雷电。它在人类看不见的地方飞翔驰骋。它说话的语言和祖辈们传下来的咒语是相通的。

要用怎样的线来刻？是粗线还是细线？刻成什么样的形状？珣左右为难，脑子里如一团乱麻，不知该如何下手。

恍然之间，十指惊醒了梦中人。珣雕刻神像的灵感来自手指上的指纹。有次他在玉石作坊里准备工具，不小心把手指给割破了，鲜血浸染了手掌。他的血手撑在一块石头上，他无意中抬头一看，那枚血手印在玉石上的纹路像一朵花，一朵用鲜血浇灌在玉石上的鲜花。红色的血指纹旋成的花纹清晰可见。珣想，如果用指纹的纹路来雕刻，说不定会有意想不到的效果。在开坛祭祀的那天，大巫师划破手指，把自己的血滴进香烟缭绕的祭坛祭天地，希望得天地的神力，助他完成夙愿。

每个人的指纹都是独一无二的，这与珣想要雕刻的神徽理念是一致的，这个神徽也必须独一无二，无法复制。珣希望自己的设计能够让良渚国即将诞生的王及众生的指纹与天地连接，与日月星辰同在，永生不灭。因为每一个存于世的生命都是神的使者，都值得尊重，理应得到爱惜。

大巫师珣还想到了阴阳刻法。太阳为阳，月亮为阴，那么人相与猛兽的相要用凸显阳面的线条来雕刻。身体和四脚包括羽毛，采用平面的阴线雕刻，阴阳有序，包罗万象。那双人的手很小，托起神兽的大眼睛，人与兽的生命本为一体，共同生存在这个阴阳平衡的世界里，人类有责任与义务保护兽的安宁，不应去伤害它们。

在没有文字的古代，古人只能用"阴"和"阳"两种符号来表示所喻示的事物的万象。他们心目中的寒暑、

日月、男女、昼夜、表里、正反、胜负、黑白，等等，
都属于阴阳。那些远古先民是如何奇迹般地在恶劣的环
境中生存下来的？倘若那些创造阴阳符号的圣贤能活到
现在，能够理解今天的阴电、阳电，正极、负极，正数、
负数等物理、数学概念，他们一定会用阴阳中的象、数、
理来诠释世间万物之间的不同现象，并将其融合起来，
甚至能破译现代科学无法解释的现象。珣在这个时代里
是最负盛名的大巫师，他掌握了天地阴阳之道的奥秘，
他观察国运，为民生开辟新道。西方的《圣经》说"要
生养众多，遍满地面，治理这地，也要管理海里的鱼、
空中的鸟，和地上各样行动的活物"。那么东方的古圣贤
的理念便是"阴阳生万物，以乾卦的刚健与坤卦的柔顺
流转不断，顺承天体的运动而生化万物。象数和义理是
同一事物一体两面的现象，永远为一体两面的体用关系"。

天下合久必分，分久必合，万界必归宗。在洛书出、
河图现的时代，人，才是定乾坤的存在。

三

巫师家族每代人都知道咒语是人与万物之间紧密相
连的母语，特别是与活物之间的咒语。咒语是最古老的、

活着的语言，散发着生命的气息，每一个音都有特别的意义，是维系人兽之间情感的结实的纽带。巫师家的孩子从牙牙学语时，长辈们就开始教他们学习咒语。杰出的巫师自成一家，自己就是一个天咒体。他们是符咒的化身，成为他者心灵深处看不见的神器。巫师家族的孩子自小就拥有这种超自然的能力，对外界的心灵感应与理解世界的规则，比常人要娴熟得多。熟练掌握咒语，是一个巫师与万物沟通最起码的能力。

老巫师璿传下来的每一句咒语都是一个完整的意象，都对应某一个人和事情。璿把这些秘辛传给了儿子珣，现在由儿子珣传给孙子琪。珣告诉琪，一定要潜心学习经书上的每句咒语，这是他们家族安身立命之本，也是良渚国的立国之根。将来的良渚王琮不需要懂得咒语，他只要一个圆满的结果。很少有人知道巫师一日为巫，终身都会把自己的灵魂融进咒语的每一个音中，否则他们与万物生灵对话的能力就会丧失。

小巫师琪成年后，父亲珣告诉他，爷爷不是真的死了，他的魂到了昆仑山有龙脉的地方，他去那里为良渚国寻龙捉脉去了。璿曾对珣说，昆仑山有华夏大地上的祖龙，是引领未来的真龙脉。璿说所谓的龙脉，是天道秩序，生生不息，变化无穷。龙脉是天道自然界中最大的气运，能改变人类的气场。许多地方也出现过龙脉，但是也有假龙脉。龙脉始发于昆仑山，一代又一代巫师倾尽毕生功力寻找，可是没有一个人能找得到。真龙脉哪这么容易找得到，那些自称发现龙脉的方士，大部分是江湖骗子，只有真正的通天之辈才拥有寻龙捉脉的本事。只有找到龙脉，才能改变良渚国的命脉。至于璜口中的那个龙长什么样，没有人见过，甚至那么通透的璜也不知道自己要找的究竟是什么东西。它的存在像个梦幻，抑或只是一种想象。但璜很早就感受到了它强大的存在，有龙的地方，必定是神往之所。只要能找到它，良渚国的面貌将会有所改变。所谓变则通，不变则壅。良渚的子民不能总是靠狩猎生存，当没有活物可捕之时，便是灾难降临的时刻。

　　老巫师璜小心地守着这个秘密许多年，直到生命的最后才告诉了自己的中年巫师儿子珣。璜藏在心底的秘密是上一辈人留给他的嘱托，寻龙捉脉是他们家族的职责和使命。像一个极强的诱惑一样，整个巫师家族守着这个秘密到底有多少年，谁也不知道。那么谁能把这个谜底揭开呢？璜在升天前留了一段只有巫师家族才能读懂的经文，写着："天生不散自然心，修得神机入梦里。手握珠玑神笔下，一本天机深又深。此经不讲凡夫法，修得大道撼乾坤。有朝一日龙图腾，跳出尘笼上九天。"这段经文已经道出了一半的谜底，唯有修炼得大道，才能上九天之渊揭露真相。

这个秘密藏在昆仑山的深处。人间的四象局发源于昆仑，青龙、白虎、朱雀、玄武之四象局为首的是青龙。这青龙在上古时代并不是真正的龙，而近似于上古神兽腾蛇，或与其有关。眼睛、神态、身体与传说中的龙相似度很高，只不过后来的画像中增加了龙须、龙爪、龙鳞等。

那么，瑢留给小孙子的那只小兽是不是四象局中的关键点？小兽长得太神奇了，像极了珣雕刻的那块玉琮，是鲜活的翻版。这个神徽的样子，只要去久久地凝视，天地万象全部会出现。这是小巫师琪后来发现的秘密，不过他一个字都不敢说，否则他和小兽就有性命之虞。小兽的命是爷爷用命换来的，是整个良渚国的国命。小兽才是真正的图腾，它的另一半魂与天道自然融汇在一起，与整个巫师家族融汇在一起。小兽与玉琮似乎是同宗同族，是天上的太阳神、月亮神，是地上的海洋与河流，是土地与飞禽走兽之王，它统领人、鬼、神三界众生，它无处不在。它的魂在人类看不见的高处，只是它太孤单了，连一个伴都没有。自出生就父母双亡，兄弟姐妹惨死在猎人的刀下，留下它孤孤单单，活得像一个不死不生的雕像。整个巫师家族活着只是为了一个使命，让苍生得福。他们需要一个神像作为流传万年的图腾，瑢给自己的孙子琪留下了小兽，它将帮助大巫师珣完成一个夙愿：雕琢出一尊象征良渚国权力的玉琮。

小兽现在最要紧的是把自己的灵力传递给珣，否则整个巫师家族性命难保，包括它在内，如果珣不能完成自己的夙愿雕琢出玉琮，他的儿子琪也将无法继承巫师家族的衣钵，小兽活着就没有任何意义了。小兽现在要做的是把自己的内力辐射出去，让整个巫师家族的荣光献祭给玉琮，它的使命就完成了，它就能去寻找它的另一个父亲——养育它的瑢，去昆仑山过自己想过的日子。小兽和瑢的精神契约是命定的，与上古有关联。

远去的瑢到底是人是兽，没有人知道。小兽要带着瑢和家族的使命，守在小巫师琪身边，帮助他成长为能够呼风唤雨、引动天雷的大巫师。它宁愿冒着随时失去生命的危险，也要守住琪的家园，守住一座山、一棵树、一群人。

小兽看上去很小，但是它的心理年龄远远超越了它的实际年龄，瑢走的那一刻，它感觉自己在瞬间长大。来到小巫师琪的身边时，它长成了一个老者，变得冷峻。它是代替琪的爷爷来履约的。那个像父亲一样的老人，给了它太多的温暖。有约就有信，这是作为一只兽最起码的底线，如果毁了这个约，它没有脸面做世上最强大的神兽，对不起兽族的列祖列宗。除了不可抗力，一切不可违背。它想做一只顶天立地的兽，而不是小兽，那么一切灾难、疼痛，哪怕血流成河，也无所畏惧。

也罢，如此度过余生岂不更好。生与死只在一念之间，不死不生，乃是上古神兽的命劫。大巫师珣和家里人交代好一切，包括自己的后事，把儿子琪和小兽搂进怀里亲了又亲。琪还小，他告诉琪太多也没有用，吩咐好族人什么事应该做，什么事不该做，守住自己的本分。在珣临出门前，小兽紧跟他的脚步，来到一个空旷地带，它突然奔到珣的前面，拦住了他的去路。珣不知道琪的玩伴到底要干什么，蹲下高大的身子与小兽对视，告诉它："快点回家吧，再跟着走，就找不到回家的路了，帮我照顾好琪。"而小兽并没有离去的意思，像他的儿子琪一样抱住了他的双腿。珣惊诧。都说万物有灵，莫不是小兽要告诉他什么？小兽的来历本来就奇特，它是父亲留给琪的礼物，在珣的心里，它早已不是兽，而是他们家族中沉默的人。珣干脆坐在地上，把小兽搂进怀里，抚摸它全身蓬松的毛，一股暖流传遍他的全身，两滴眼泪落在它的皮毛上。珣一声叹息："唉！小兽，做人太难，还不如做只自由自在的兽好。"

就在这一人一兽相拥的时候，一束光不偏不倚打在大巫师珣的头顶上，他突然神思恍惚，头脑一片空白，好像失忆。就在珣昏昏沉沉之际，小兽突然从他怀里消失，无影无踪，仿佛从未出现过一样，只是它的双瞳顽强地映在了他的心上。

　　大巫师珣在大酉长琼的宫殿里不分昼夜地和一块玉石料拼命，以至于忘记了时间，忘记了儿子琪，忘记了整个巫师家族。脑子里全部是小兽的模样，有时候儿子琪的样子会和小兽重叠在一起，分不清谁是人谁是兽。在雕刻的时候珣没有敢把小兽的原样刻进去，但它壮实的小爪子，双瞳的大眼睛，微笑的嘴，强有力的臂膀（四肢）都在他的雕刻刀间游走。整个雕像，上半部分是老巫师璿头戴羽冠的样子，羽冠上不是鸟的羽毛，而是小兽身上的毛；下半部分就是小兽的模型，无数的阴阳线条紧密相连，最下边是小兽似鸟非鸟坚实的爪子。整个玉琮遵循的是《连山》《归藏》二经里的青龙、白虎、朱雀、玄武。腾蛇是青龙的化身，更是人形与太阳神、月神的化身。天上的太阳啊，是一只不死的火鸟变成的，除了巫师家族的顶级巫师能悟出这个神徽的秘密，其他人没有这个能力，唯有望洋兴叹。

　　腾蛇者，龙类也，本是上古神兽。它的修行远超过人的修行，它本来应该有脚、手和翅膀，成为率众兽主宰大地的王者，它有呼风唤雨的本领。不知道在哪一年哪一月，它触犯天条被罚到人间赎罪，才变成现在的样子。最后它的王位被森林里力量强大的老虎和狮子夺了去，腾蛇因此隐身进大化之中，被人们常常念起，并把它的形象通过各种形式描摹出来。

巫师家族血脉里有了龙的基因。有修为的巫师梦里会常和一条蛟龙接头，一片片龙鳞脱落，变成山川河流，它的肉身变成黄土地，龙爪变成树木花草，其中有一种还被后人命名为"龙爪树"。后来的华夏大地，与龙有关的传说故事太多太多，包括龙发怒的威力。

这一夜，珣做了一个奇怪的梦，梦见儿子琪变成了一条金龙的样子，只是浑身是血，伤痕累累，龙爪被闪电灼伤，龙身血肉模糊。他在与另一条黑龙战斗。一黑一黄两条巨龙，把世界搅得昏天黑地。他们都是真正的龙，威武的黑龙像大酋长琮，金色的黄龙像是小巫师琪。他们都很睿智，是天赋异禀的五龙之一，各自有自己的立场。然而自古英雄多磨难，他们这两条龙一个是天龙，一个是地龙。

四

珣梦醒的时候，已是黎明，但这梦真真切切。那条黑龙异常凶猛，威力无穷，能够把空气撕碎，而金色的黄龙气宇轩昂。

　　珣想忘记梦中的恐惧。琪是他的儿子，琮是他的兄弟，他们都是为良渚大地造福的人。但琮马上就要成为良渚王了，玉琮是确保良渚王加冕后千秋万代的神器。珣知道，王就是王，于千万人中的唯一不可替代的人，没有王的国那不是国，王就是国。王的千秋万代就是子民的千秋万代。大巫师珣毕竟悟性很高，他的想法一确定，设计灵感突然出现。他知道自己应该设计一个什么样的玉像——不仅代表着王的像，而且是千千万万良渚国子民的像，也包括他自己的像在内。他要设计出来的神像，必定是万象之国的众生之相，必将成为良渚国的图腾。只是，任何冲动的设计方案都可能破坏良渚国的气脉，这个气脉也许就是老巫师璿说过的龙脉。这个龙脉就是良渚国的根基，如果根基破了，国将不国，良渚人将陷入万古黑暗之中，不复光明。玉石既然能够通灵，那它的样子就得有人类的气韵，必须与人类血脉相连，甚至有造血功能，有自然的肌理、人类的记忆，并能拯救众生。

　　对于梦中的兽面人身，或者兽身人面，珣都有自己的解释：人不就是万兽的综合体吗？从祖先开始，时刻在逃亡和搏斗中生存。逃离洪水猛兽、瘟疫，躲避风雨雷电的伤害，这都是人的本能，与兽无异啊。那个离奇的梦，珣在看见和看不见的硝烟里逃离种种幻境，最恐惧的是逃离自己的心。人是什么？人不过是穿着衣服，具有了人性的兽，而兽不过是没有衣服穿，保持着兽性的人。在没有人的时候，是兽主宰着大地，它们才是大地上真正的王者。它们掌握了这世上所有的生杀大权。因为人改变了兽性，产生人性，兽类才走向穷途末路，被人猎杀。兽皮被人做成了衣服，兽的尸骨无存。兽从强者到弱者，到被人吞食。人类的先祖，是靠食兽活下来的，兽是人类的恩人呢。唉，人吃了那么多的兽，而兽只有在遭到人伤害的时候才会食人。人与兽相互杀戮，终将毁灭万古苍穹。

人是这世上最复杂的物种，人的心思远比海还深，是最难掌控的生物。大地上的玉是最干净的器物，只有它，能解除人的心魔，能让这个世界干净起来。珣心里想，如果能找到一块灵魂之玉，用心头血去精心雕琢出来，一定能改变这个世界，能让人浑浊的心慢慢澄清起来。唯有如此，良渚国方能千秋万代。

玉不琢，不成器。用虔诚之心去雕琢它，改变它的特性，才能使玉成为知己。可是，玉这东西不是深埋于黑暗的泥土、散落在污泥里，就是隐藏在冰冷的山巅，它外面包裹着最脏的污垢，里面的杂质很难剔除。这样的玉具备了多重的品质，可遇不可求。玉的高冷孤绝与灵性同在，好玉和高贵的人一样总是最孤清地存在着，曲高和寡的人与物，是寻找不到知音与之对话的。祖辈们说玉是最通人性的，它总在寂静中等待一个知己，成全彼此。干净的灵魂注入玉之中，谓之玉人合一。

珣梦里的兽身人面像和龙的图腾之气，像一股清新之气注入了他的灵魂，醒来后依旧清晰，这是不是先祖在托梦给他，或者是远去昆仑山的父亲通过另一种方式在暗示他？一张兽身人面像的蓝图在珣的心里绘就。珣像是得到了春雨的召唤，这召唤不是现在的力量，而是未知的力量。如同等待黎明到来，推开窗户便能看见天上的使者降临。珣感受到祖宗的秘密注入心灵，成为自己的原动力，那万顷的良田，成为自己的福田，他从绝望中看到了希望，也从希望中悟透了无望的空明。

珣决定在玉料上雕刻一个良渚国的徽章，把良渚人的魂刻进去。他首先要思考的是人与兽之间的关系。人兽相争，最后谁是赢家？兽类如果在他们手上绝种了，人能活得了吗？没有兽的世界，人活着有什么意义？

如果各退五十步，让人兽共生岂不更好？良渚国的初期，谷类稀少，人靠食兽为生。到大巫师珣这代人，人们才掌握了种植技术，在蛮荒之地开垦出良田，野稻经过多年的培育，越来越饱满，逐步替代肉食解决人的温饱问题。

　　珣豁然开朗。对，良渚的神徽中，不能以人为尊，兽本是森林之王，森林因有了它们而繁盛，人因为有了它们生命才得以延续。很久以前，人只是兽的配角，大地的过客，如今却反客为主。春天的野火让树木化为灰烬，猎人用泥土烧成瓷器，幼兽的啼哭如人类的婴儿一样，这金子般的声音，让结了冰的河水解冻，候鸟站在兽的肩上梳洗羽毛。这一切都在大地的母体上生根。就这样人界与兽界的星火才不会灭。每一只兽和每一个人相互对应，都是天地间的生命传奇，都有权利在涛生云灭间活出该有的模样，这才是正道，才能冲破夜的黑暗，寻找新的光。神徽更应该成为良渚国的一粒火种，一直流传下去。

　　人兽共生，超越生死，或者为了对方向死而生，而非你死我活，更不是企图扼杀对方，让自己苟延残喘于千疮百孔的世界。良渚国现在已经富足安宁，不需要太多的奢侈品。子民能安居乐业就是一个理想国，至少没有刀斧相向，没有饥饿灾荒。

　　那一个大梦让珣找到琢玉的思想火花，灵性从天而降。天时，四象，法器，咒语，灵石，孩子，这些都需要他，他的存在光照四野。开坛祭祖，求先人们保佑他。青龙、白虎、朱雀、玄武这四象局，他要从青龙局开始。以一块有灵性的玉石，一根祖上传下来的木化石权杖作为法器，念动咒语加持，直到玉石成像。

　　珣用了三天的时间做准备，琪跟随父亲一起去大酋长的宫殿为他加持。珣这样做的目的只有一个：让年少的琪参与其中，好让他迅速成长起来。

第五章　玉琮王的前生今世

一

　　珣强有力的手在玉石上游走了三天三夜，一气呵成刻成神徽。他把自己对阴和阳的理念从心里运化到十指间，用祖上留给他的《连山》《归藏》这神秘的先天秘学二经指挥自己的大脑，设计出世上最早的神徽图腾。这两部经宛如浩瀚世界中的一股神气，大巫师珣运用这气韵一笔开先河，把天地间的大造化与气韵全部刻进良渚的徽章里，厘清了人和兽之间的关系。

　　这先天八卦二经，一阴一阳，《连山》经的要义是：山之云出，连绵不绝。《归藏》经的要义是：万物生于地，终归于地，万物归藏于其中。珣希望能通过一己之力，把这先天的二经精髓刻进徽章，让后世的人去参悟。

得《归藏》者，天地万物归藏于地，那是世间最强的秘术，能得先天造化，问鼎天下。只是先天二经固然厉害，但若掌握不好尺度，反而会被禁锢，进而整个巫师家族的运数会被反噬。

一代代通晓这二经的巫师，掌握了天机，到最后多数皆因为修行不够，遭受禁锢而亡。这是改天命的奇门遁甲，不是谁都有悟性参透。他们一生中都在寻找这把解除禁锢的钥匙，可是没有一个人能找得到。大巫师珣同样也在寻找。他想过，如果他这辈子找不到，那就让下一代继续寻找，总有一天能找得到。这是两块人类不可触犯的禁地——《连山》《归藏》地，一个在昆仑山，一个在四海大地上。正因为知道的人少之又少，所以这二经才是历代巫师通灵生涯中神圣不可侵犯的经典。

早期的人类蒙昧无知，但并非真正无辜，在这片大地上，人人都是共犯，比如后来良渚国的大肆杀戮。部落之间的战争毁掉了美好的家园。传说一位骁勇善战的大将军，最终寡不敌众，被敌军宰杀，身首异处。

地底下出土的那些玉在向今人讲述几千年以前他们的生活。刚柔并济的玉，温润淡雅，哪怕如指甲片一般大的玉，都藏有良渚文化的基因。

因为战争，良渚人被迫不断迁徙，从富足的江南太湖流域，到江北里下河地区，现在江苏东台的开庄遗址、海安青墩遗址等许多地方，都有良渚人生活过的痕迹。里下河地区的战争可视为邪灵文明的开始，这时候的巫师，后来被称为风水师，渐渐失去了通灵的觉悟。上古时代巫师的通灵秘术慢慢失传，只剩下后天八卦的《易经》，而《连山》《归藏》二经永远消失在茫茫宇宙间。

随着人口数量的急剧增长，江南的兽类数量越来越少，越来越难捕捉。如果不捕兽，怎么才能活下去？这是部落酋长要思考的重大问题，巫师通过祭祀祈求神谕，选择迁徙的方向。因为要获取更多的食物，良渚人开始了一场革命——改良谷类，尝试不靠肉食也能生存下去的方法。人类的迁徙像鸟一样，并不是因为浪漫，而是一种生存的本能。

在雕琢玉的时候，大巫师珣的脑子里有四千只鸟在飞，有三千只兽、五千个人和一万种嘈杂的声音在他脑子里奔腾。珣感觉身体里有世上最高的山、最深的谷，最宽的河、最狭窄的水塘，最亮的光、最黑的夜，最猛的虎、最胆小的老鼠……这一切都连着生和死，生发一切，埋葬一切。埋葬的一切并不是真的死了，而是像《归藏》那样隐藏起来。奇门遁甲意味着拥有绝技的优秀之人，绝不能露出锋芒，要懂得隐遁起来，才能不被伤害。大巫师珣想把自己藏起来，不能让任何人看到。这副皮囊已不属于他，他的血脉里住着一条龙，一身逆鳞，根根经络变成了环绕的灵蛇，脑子里有一头猛虎在咆哮，四肢刚劲如狮，且拥有豹的敏捷。它们亦阴亦阳、亦正亦邪，如魂灵附体。

该来的总会来的，是祸躲不过。大巫师珣隐隐知道一场大灾难就要降临到他的身上，而且没有人有能力替他挡这个灾。谁让他通晓先祖传下来的《连山》《归藏》二经？觉悟者必须是承担者，否则就失去了价值。珣现在渴望出现一个有能力的人，把这先天二经融为一体，生发出另一种阴阳平衡的新经，如此才能力挽狂澜，解救苍生。他拥有的这二经阴气太盛，所以人间就滋生出很多的邪气笼罩了大地，主宰了人的思想，特别是主宰了大酋长琮这个未来的良渚王的思想。

种子是阴阳世界中最坚实的存在。大巫师珣冥想着，愿天神降下一粒粒能够遍地存活，让人活命的种子，让兽苟延残喘一下，让它们有时间繁衍后代。人类的饥饿和贪婪，导致小兽家族被屠刀赶尽杀绝。

良渚的图腾是大巫师珣用心血雕琢而成的玉琮王。在巫觋盛行的时期，国人以巫神为信仰，巫师就是大地上最高的神的使者。到良渚中后期，巫神的地位受到了王者的挑战，巫神的地位一落千丈，被后来崛起的王者慢慢削掉权力，神权变成了王权，因此后来的杀戮不断。

都说人心不足蛇吞象，大酋长琮在大巫师珣成功地给他雕刻成神徽玉琮后，他想到仅有这个玉琮远不够，这是万民的玉琮，要供奉在神坛上受万人供奉，福报为万人所得，而不能为他一个人所有。他还需要一把象征权力的战斧玉钺，还要一个玄鸟式样的王冠，以保他良渚王族的千秋万代。有了这两样神器加身，天时、地利、人和，民心所向，才能统治良渚国，无往而不胜。

大酋长琮直言不讳地对大巫师珣讲明了内心的想法，并恳切希望大巫师珣再为他雕出另外两样神器。珣马上明白了琮作为王者的心思，毫不犹豫地遵从了琮的要求，继续为他打造玉钺权杖与玉石王冠。

为了给巫师家族留下一粒火种，珣提议让小巫师琪和他共同完成这个使命，琮答应了珣的要求。琮在内心也希望小巫师琪日后能承担大任，造福良渚苍生。只是琮如何能够理解珣的心血之作？玉琮包括了整个宇宙万象，王者如果懂得玉琮图案上每一笔每一画的深义，何愁国家不繁荣昌盛呢？玉琮的每一丝纹路，就是良渚大地的活地图。如果他能读懂那些图像，他就不会产生要拥有玉钺与王冠的想法，沉积在心的私欲蒙蔽了他对苍天大地的心意。

当第一个玉琮神徽在良渚大地上降临的时候，珣耗尽了毕生的心血，他把对良渚国的希冀融到自己的刻刀下，那不是在用一把刀雕琢，而是蘸着自己的血，用自

己的魂魄在雕刻，他将心底的欢愉、忧伤与悲悯一同融
入神徽之中。珣雕刻的玉鸟与神同在。有血性的良渚人
宁为玉碎，不为瓦全。特别是有大智慧的珣，宁可身死，
也会成全。珣的心最沧桑的时候，正是良渚国离衰亡最
近的时刻。七百年的时光中，智者巫师没落，王权逐渐
强盛，巫神的寿终意味着社会更迭中的大流变。在每一
次腥风血雨的更替中，人类的智慧看似在进步，实则是
在一步步后退，而在无路可退的情况下，总是再次涅槃
重生，进入一个全新的时代，周而复始。

二

　　珣曾听祖辈们说过，远古的巫师族人是和神在一起
生活的，多少年的沧海桑田，斗转星移，巫师族人落到
了人间，过起人的日子，这便注定与人间的凡夫相生相
克，成为矛盾体。巫师与神同在的时代被称为涅槃世纪，
从那以后，优秀的巫师几乎绝种，只有极少数修为极深
的巫师苟活下来，但他们的灵力从此节节倒退。他们用
残余的灵力催生着人类的进步，毕竟他们首先要保住自
己的命，才有能力繁衍后代，让巫师家族不至于全军
覆没。

祖辈们是怎样从饥馑中逃亡过来的？琪依稀记得小时候的场景：废墟，断壁残垣，哭泣的婴儿依偎在母亲瘦弱的胸口，那对干瘪的乳房已无法挤出乳汁哺育怀里的婴儿。这样的时候，神在哪里？逃亡者手中的魔杖无法显灵。有多少希望，就有多少绝望在等待自己。时间空隙里塞满的符咒，像楔子打入无尽的深渊。

琪接过父亲珣手中沉重的木化石权杖，脸色有些沉重，以他的年纪，还不够资格接这根权杖，以他的历练远不能主持整个家族。小时候听爷爷说起这根木化石权杖的来历，那是亿万年前的造物，传到他这究竟经历了多少代，没有人知晓。祖先留下了话：人在，权杖在。这根权杖只为惩恶扬善。

琪记得小时候摸过这根权杖，与普通的木棍子很是不同，它通体深红，中间有一个椭圆形的长洞，一头是圆的，另一头有一个不规则的洞，拿在手上很沉很沉。这两个洞是时间这把刀割开的，还是因为当年的这棵树本来就长成了这样？传到他这代人手上时，权杖通体有了光泽，冥想时，能够照见人的心灵。祖辈们敬它如敬神，当它是木神的化身。琪的个子不及权杖，双手提不动权杖。珣用小而坚定的声音对儿子耳语。这不是普通的语言，而是他们巫师家族代代口口相传的咒语，超越一切制度与法则。

天地诞生之初，大地一片混沌，人兽之间尚未分明，沟通的方式无法确定，咒语，是人与兽之间最原始的无字之音。经过时间的流逝，咒语慢慢演变为民间早期的吟唱。这最早的民间音乐，是一条通往心灵的自由之路，天籁般的声音比梦还要遥远，这符灵般的语言，具足灵性，与后来的文明接上头，所以音乐的表达比文字表达更触动人心。

原始的良渚国曾气象万千，慢慢形成国家，神权向王权过渡，由巫戴的神冠，到王戴的王冠，这一过程经过了起码有四百年。

对于几代巫师打造出来的三叉神冠是不是天、地、人权力和地位的标识，只有琮和珣心里清楚，这些神器本是天作，却逐渐变成了权力符号，最终成为奴役王权的镣铐。

事实证明，后来的巫师在打造神器的时候，再没有第一代巫师的那种灵力，玉器上的回纹消失了，人兽的面目不断被改变，最后留下的都是简化得不能再简化的图案。就像中国古老的汉字一样，随着时代的变革，祖宗们留下来的不同的字体和笔画不断被删减，而那些文字的精髓只能从古体字中领会。多少年以后，我们是不是会像良渚人一样，回到没有汉字的符号时代？人与人交流不再用语言，而是用古老的咒语，因为只有咒语才能与万物同频共振。比如猫在某个安静的午后，躺在洒满阳光的墙根下打呼噜，它肯定不是普通的宠物，而是从上古走进现代的神兽。它的一呼一吸都与神灵相连——这是神州大地上的另一种暗语。

每一代巫师要做的最后一件事，是从家族中挑选一个年轻的强者，把毕生所悟的天地之道传授给这位强者，然后把自己的魂化成三缕轻烟，一缕献给由他们设计的兽身人面的神徽，一缕融进年轻强者的血脉中，最后一缕飘向良渚大地的山川河流、万顷良田。他死的只是肉体，灵魂永生不灭，将继续为良渚大地上的子民谋福祉。

其实这种方法也是在赌，风险很大。如果上一代巫师看走了眼，挑选的并不是真正的强者，那么就会适得其反。珣害怕发生不祥的事，所以他在挑选强者之前，早就对所选之人做过无数次测试，从点滴开始传授，他教的不是皮毛骨架，而是关乎血脉深处的每一个细节。

这块神徽玉琮的大功告成宣告了巫师神权的退位，从此以后巫师的作用渐渐弱化，而玉琮成为通灵的神器。

玉琮外方内圆，方代表大地，内里的圆代表天空。外方，是对事物刚正，内圆是对于刚正的变通之术。先天和后天八卦的要素被珣巧妙地运用到雕刻法中，以外方内圆的形式来诠释天、地、人三者的关系，与后天八卦相互补充与修正，互为一体。而玉石之美，有德者才配拥有。那些在后来被称作玛瑙、水晶、绿松石、叶蜡石、蛇纹石的石头，在古代都被称为玉。玉是具有灵性的，都说人养玉三年，玉养人十年。良渚国大巫师珣雕刻的玉琮对人类的滋养何止十年，它的光芒一直辐射到后来世界各地的每一块版图。玉不以东西方文明发展来分类，它不仅是华夏人的，更是全人类的瑰宝。

三

玉琮完美雕刻而成，制作者大巫师珣的末日也降临了。他在咽气前把毕生所学与符卦同时留给了这方大地，后来祭坛上供奉着这枚玉琮，良渚国在国王琮的率领下走向了鼎盛时期。一杯世上最毒的酒，珣早就为自己准备好了，盛酒的器物很精致，三只脚，酒器上的神鸟是珣亲手所画，每一条阴线与阳线的交错他都烂熟于心。这只酒器上还有珣的体温和指纹，那是他刻意留下来的标记。

大巫师珣仰颈咽下那杯酒时的从容，让大酋长琮感到心惊，这不是他想要的结果。琮希望他们回到从前，在一起尽情喝酒，畅叙良渚国的未来。但即便如此，琮也必须让珣知道，玉琮是王的象征，他才是王者。

　　珣抿嘴一笑，笑得像个孩子，一个字也没有留给与他从小一起长大的琮。饮完酒，珣的腹中如落入了一颗火球，五脏六腑被烧出无数个洞，血从嘴角渗出。大酋长琮忽然听到了祭台上神鸟发出的鸣叫声。

　　一切都在大巫师珣的计划当中，当他喝下自酿的毒酒后，微笑地看着坐在大殿宝座上的大酋长琮，然后向小巫师琪挥了挥手。小巫师琪手捧玉琮走向了大酋长琮，另外两位巫师用兽皮衬托着玉钺权杖与玉石王冠跟在后面，三个人站在大酋长琮的面前。

　　大酋长琮愣住了，不知道他们要做什么。大巫师珣摇晃着身躯走过去，将玉钺权杖递到琮的手上，然后又转身取来玉石王冠轻轻地戴在了琮的头上。

　　琮此刻有点明白了，连忙站起身扶住摇摇欲坠的珣，口中念念有词，只有珣一个人朦朦胧胧地听见琮说的话：我的好兄弟啊！

　　珣一片灰蒙的眼睛里突然升腾起耀眼的光泽，他拼尽力气大声喊道：琮王，我良渚万民的王！

　　小巫师琪按照父亲事先安排好的程序跪地，将玉琮高高举过头顶。良渚玉琮王，这个代表着良渚千秋万代的神器被握在了琮的手上。

　　良渚王加冕仪式完毕后，大巫师珣疲乏地坐在了地上，小巫师琪看着父亲，知道他有话要说，便俯身在他身旁。大巫师珣对儿子说，祭祀已经准备好了，你去为良渚王回复天命，祈求神灵护佑我良渚国风调雨顺，百姓安康！小巫师琪和巫师家族的长辈们赶往祭坛，这里果然一切就绪，小巫师琪成为这次祭祀的主持人，这是他第一次登上高高的神坛，他的命运在此刻就已经注定。

大巫师珣合上眼，魂飞魄散。最先感应到的是小巫师琪。他还在祭坛上为父亲助念，为他加持，那炷半人高的香才开始燃烧，青烟缭绕。在大大的祭坛广场，小巫师像只小兽一样在天幕下移动，高高的城墙有六十米厚。祭坛的中央排列着耸入云天的粗木桩子。这桩子是为祭祀祈祷用的，也是为处罚犯罪的子民行刑所用。小巫师琪加速了念咒的语速，额上豆大的汗珠滚落在脚下的黄土上。他抬眼望向祭坛石台的三脚陶鼎，那炷香竟然熄灭了！他不禁心头一惊，父亲出事了！那炷香，维系着父亲的命脉。

天空中雷声轰隆，地上还没有一滴雨，一阵疾风带来尘土的土腥味。这雷罩在琪的头顶，像要把他的脑袋劈开。而琪不知道的是，父亲留给他的一缕魂跟随着天雷注入了他的脑子里，让他顿时有种醍醐灌顶的感觉。琪感觉到了父亲的气息在他的体内涌动，感觉到自己的五脏六腑都在挪动，还有爷爷的气息也在他的四肢百骸游走，这两股强大的力量拉扯着琪，他感觉脑子快要炸开了。爷爷和父亲的力量不分上下，争抢着想注入他的身体里，最后杂糅在一起，化成绵绵的力，打通了琪的经脉。两股力慢慢平静下来，像一汪清泉流进琪的血液里，慢慢地沉入了他的丹田中，没有一丝波纹，像一片沉静了万年的海。琪感到全身通泰，头脑清新，好像什么也没有发生过。

就在大巫师珣口吐鲜血倒地的瞬间，琪同时感应到了父亲珣和爷爷瑢的生命信息。他跳下祭坛，奔向宫殿一看，父亲安静地躺在良渚王的大殿上，琮王耷拉着脑袋立在一旁，无声无息，像祭坛上的一根木桩子。

突然间大殿外刮起一阵旋风，那根玉钺权杖从良渚王手中飞出去几丈远，几个仆役跌跌撞撞爬过去捡起玉钺权杖，恭恭敬敬交还给良渚王。重执玉钺权杖的良渚王惊呆了，权杖钺瑁上竟然出现了一道裂纹。

这是一个非常糟糕的警示，良渚王为此出了一身冷汗。好在玉钺权杖形状未变，良渚王握住钺瑁时，外人看不见裂纹。但这道裂纹长在了良渚王的心间。赶来看望父亲的琪把这一切看在了眼里。

珣的眼睛圆睁，他在等待儿子琪出现，与他告别。他的魂识尚未走远，看到儿子跪在他面前，双目缓缓合上。巫师家族后继有人，心愿已了，无牵无挂。

"我的大巫师啊，安心地走吧，你不在了，你的儿子琪就是我的儿子，我会照顾他一生，算是报答你对良渚的大恩。"

珣安静地合上眼睛，用慈祥的目光看了人世间最后一眼。大酋长琮的面容在他的眼中开始模糊成一团，尘世的这扇窗户向他关闭后，天堂的另一扇窗子徐徐向他打开，迎接他列入仙班。

历代巫师是怎么消亡的？他们可能有上万种死法。

一种是在有形的祭坛下滴血归宗，自毁肉身，把魂识融进皇天后土。

一种是在一个没有祭坛的国度，在心灵的祭坛上向四方大地下跪，焚一炷清香，为苍生祈福，然后洒脱地走向河流，以身祭水，与水中的生灵相融，祭苍生，魂归山河。

一种是像得道高僧一样，在生命的最后一刻，静坐泥瓮，在弟子们的助念声中，在火光中升天而去。一堆点燃的柴薪映红了静坐泥瓮中慈祥的笑脸。

还有一种是竹杖芒鞋，选一处古老的森林，以身饲虎，最后一次为森林护法。

凡此种种的归去，皆为仁人智者所为。大多数巫师像神兽一样，不可能在人的面前死去。大巫师珣是个例外。

有人说猫有九条命，巫师有三条命。一为天命，二为地命，最后一条命是他自己的命。巫师的命从来不为

自己独有，他还有七魂八魄，都是在一生修为中练成的
精气元神。只有神有资格收回巫师的命。

巫师不应该以这种方式死去，巫师的终老本应该像
鸟儿一样，生死没有痕迹。它们在辽阔的天空中飞翔，
飞着飞着失去力量，坠落到水里，永远消失。它们或隐
身在一棵枯树上变成树的一部分，把皮骨交给大树，或
像老虎一样走进茂密的森林，魂归山林。但大巫师珣没
能遵照祖辈们的方式结束自己在凡间的生命。他以这种
方式隐身而去，乃是为了塑造这世上王者的形象，为良
渚的子民开创一个新的纪元。一个国怎么可能没有王呢？
没有王的国就像一盘散沙。如果这个国遇到危险，没有
王来维持秩序，平衡各种关系，这个国就真的要毁灭了。

四

大巫师珣咽气的那一夜，大酋长琮破例睡了一个整
夜觉。在此之前，他睡觉的时候，一只眼睛闭着，另一
只眼睛却睁着。那个死去的人还没有走远，他的魂还在
宫殿里飘荡着，他的身影在琮的眼前不停地晃动，琮始
终不相信珣临死前几天对他说的话。

大巫师珣说：我们生存的这个四方大地上，有数不

清的长脊椎动物，人只是其中之一。所以，人并不是它们的主宰，只有和其他生灵共存，大地才会繁盛。哪怕救一匹狼，都能改变我们的命运，因为这命运是共同的。现在，我们不仅没有救下动物们，反而在肆无忌惮地杀戮，这违背了天道自然法则。

事实上，我们在五千年后看到从琮的墓穴里发掘出来的这枚玉琮，许多人自然想到这一定出自大巫师之手，只有大巫师才有这个能力。神徽上面的纹路很像蛇身盘旋的回纹，也有虎的威武，猪的憨厚，鹿的灵动，牛的朴实，羊的慈祥，鹰的敏锐，鱼的跳跃，所有这些动物的样子合成一条神龙的形象。巫师的全部灵力合成了一个聚百兽之灵气的符咒，只要念起咒语，死去的生命都能重返人间大地。如果这个玉琮没有了巫师对符文的加持，它就是一个死物，没有精神意义。这个符，有着源源不竭的力，护佑人类绵延不绝。它们从不曾远去，经过几千年的演化，变成我们今天的样子。当代科学与古老文明的完美对接，来自几千年前的大地深处。

大巫师殉亡命后，大酋长琮拥有了世上独一无二的玉琮和玉钺权杖，但他没有想到这个玉琮是认主的，他拥有的只是一个器物，一个没有灵魂的玉器样品。玉琮的魂在良渚国的大地上。

后人把它叫作"玉琮王"，因为这块灵玉代表了良渚王的诞生，象征着良渚国至高无上的神力。

大酋长琮的心到底是善的，把大巫师的儿子琪留在身边继续为他服务，却不承想，正是大巫师留下的这枚金色的神巫种子，彻底改变了良渚国的国运。

大巫师珣被葬在一块元宝形的高地上，和历代的巫师先祖葬在一起。

老巫师璕并没有离开，他的魂和儿子融为一体。从那时起，小巫师琪变成了大巫师。直到葬礼上，琪都不敢相信父亲是为了玉琮的新生而自尽的，玉琮给大酋长琮带来了至高无上的地位。

在琪的眼里，琮是另一个父亲一样的人，这一切是因为什么？小时候，琪在琮的宫殿和他的儿子、女儿一起玩耍，他们亲如一家人，琮对琪视如己出。有很长一段时间，琪出现许多幻觉，父亲和琮的样子重叠在一起，让他分不清楚谁是谁。可是，父亲走的这一天，琮加冕为良渚王，琪自己变身为大巫师，良渚国真的是要变天了。

良渚国为后来的华夏文明奠定了基础。珣的葬礼结束后不久，小巫师琪接过父亲大巫师珣的木化石权杖，为推陈出新的王朝开启了新的航程。

第六章　大巫师珣托梦

一

　　一个夜里，珣走进了儿子琪的梦里，这个梦改变了琪的人生。梦里的父亲音容宛在，开始对琪讲《连山》《归藏》这两部经里的故事，讲他们祖祖辈辈的生活。其实这些故事，珣在世的时候给琪讲过无数遍，但他怕琪忘记祖辈们用一生的心血写成的这两本天书。珣临死前把这两本天书交给了琪，希望他在二经的基础上，再悟出新的天道轮回，把二经融会贯通，创造出一部新的经书，造福这个世界。那一夜，琪的脑洞大开，如同进入了另一个世界。琪和父亲长谈了整整一夜，父亲传授给了他许多《连山》《归藏》二经中的秘诀。后来他把梦里的每句话都还原出来，用强记的方式刻在心上。

　　梦里的父亲和儿子用灵识对谈，这种能力在巫师家族代代相传，所以历代巫师向来看淡生与死，对他们来说生死无界，生就是死，死也是生。这种楔入灵魂的隔空交谈让年轻的小巫师琪的心智快速成长。

　　珣说："儿子，你自小生在巫师家族，就注定了你的命运与众不同。你从小就要学习许多别人不知道的东西，再冷的天，你也要跟着我在祭坛观看天象。浩瀚的星空，离我们不知道有多远，天上的每一颗星，都对应着地上的一条生命，不仅仅是人的命，还有一千头野猪、一万只老虎、一亿棵草木的命相。"

　　"它们为什么能长成自己想要的样子，这些难道都是神的旨意吗？"琪天真地问道。

　　"你要拥有和星空对话的能力，和万物交流的悟性，明白人类的语言是从兽类那边复制过来的道理。人类的语言有限，而兽类的语言可能有上万种，特别是鸟类的语言，你要用心去悟，让它们为自己所用，你要学会用星星一样的语言来和万物沟通。你要知道我们食用的粮食很多来自植物，它们在四季轮回中变化，生根发芽，开花结果，以它们的身躯来供养人类。我们永远欠着它们的债。而动物更是灵敏，老虎领着幼崽觅食，知道哪条河里没有毒，哪条路上不会遇上猎杀它们的人，它们知道在干旱的时候到哪里去寻找水源，就像人类知道如何打开祭坛向天老爷求雨，这些都是生之本能。

"我们巫师家族每个人都有使命，和世间万物存在的意义一样，巫师生在玄门，掌握这些秘术是玄门之宝，必须要为同类和异类付出毕生的心力，哪怕是身死，也要成全。而在你长大的时候，要研习祖辈们留下来的《连山》《归藏》二经，这也是巫师家族每个人应尽的责任。你要走向玄门的巅峰，它里面有太多的规矩，是众生不可窥探的，只有承载使命的巫师玄门才能进入。这世上有多少人在窥探这两大秘籍，可都无功而返。这世上有太多的自然力量，不是谁都有资格得到的。

"真是奇怪，家族里那么多孩子，唯独你出生时不一样，茅草屋顶上落满了各式各样的鸟，它们在屋顶上奋力地鸣叫，只有我这个当父亲的听得懂它们在说些什么。'神使来了，神使来了……'茅草屋顶上的鸟鸣响成了一片，它们在向天空报喜信，向大地万物表达它们的欢喜。它们兴奋地扑打着翅膀，在茅草屋顶上旋成了一个圆圈。孩子，天空中的种种异象只说明一个问题，你生而不凡，只为苍生而降临大地。

"孩子，假如你天生为棋子，要做一个对得起天的好棋子，才不枉天让你存在。种种迹象表明，你确实是天的孩子。你刚从娘胎里落地，就被这些鸟称为神使，这是天意。所幸你和王的孩子不同，你是万物的神使，是灵力的化身，他们是权力的化身，与你的灵力是两个极端。幸亏大酋长听不懂鸟语，你才躲过了命劫，否则你一落地就会被大酋长送上祭坛，成为权力的祭品。是这些鸟救了你的命，这辈子你要报答鸟类，与它们成为生死契合的亲人。没有它们也就没有现在的你，我虽为一个同样有灵力的人，也根本发现不了你天生的灵气。是祖先给了我听懂鸟语的能力，从它们的语言中，我们代代巫师知晓了许多不为人知的天机，通过它们的眼睛看到数不清的异象。每逢开坛祭天，都是一群鸟在打头阵，去浩渺的天外寻找最新消息，告诉人类如何规避大自然的风险，躲避灾难。鸟在空中，那是与神最近的地方，连它们都认定你是神使，那肯定错不了。这是你来到人间的使命与造化，你的神力将超过我。我是这个世上最后一个能够帮助你的人。孩子，不要害怕，我没有死，只是你再也看不见我在人间的样子，我的魂永远住在你的身体里，意志融进了你的血脉，只要你想到我，我随时都在你身边。我的死只是为了成全你，而你的存在也不再是你自己，你是集天地之灵的神元，我们几代人的力量都凝聚在你的身上，你掌握了祖辈们无法知晓的秘密，并且要去破解它。"

在珣的眼中，儿子琪是他一生中最好的杰作，是天上下凡的星宿，注定要来镇守这四方大地。从儿子小时候观天象的见解中，父亲就知道这孩子与众不同。琪的预见性很强，对七大星区的三垣、四象理解深刻。东方星象如龙，西方星象若虎，南方星象如大鸟，北方星象如龟蛇。东方的青龙之木，西方白虎属金，南方朱雀为火，北方玄武生水，中央乃天地之土，为天地五行之说，人是万象中的太极点，万物为我所用。天地四象的属性对应四种不同属性的人。天上的四方神兽与地上的神兽相呼应。琪生来就是吃巫师这碗饭的，他对星象的感应能力超越了父辈们。

　　爷爷和父亲最大的愿望是有一个后人有能力改变《连山》《归藏》二经，将其合二为一。可见，改易这件大事，不仅是一代巫师的命运，更承载着后人的命运，甚至承载了整个天下生灵能否有未来的大命运。后来出现的新的《易经》已经不是寻常之气了，用肉眼都能察觉到它的磅礴，这些气近乎改变了这里的运行法则。《周易》的气场不是先天、后天之气，给人的感觉说不清道不明，这气生机盎然，孕育着大千世界。这气的玄妙之处震古烁今。而《周易》中的玄学、风水学，终究离不开一个"气"字，气乃决定风水的本源。至阳却又至阴，生死难分，正邪不定，处于一个巧妙的平衡。世间有万气，却万变不离其宗，能得到天下五行之气认可的巫师寥寥无几，这样的巫师就是世间天灵，是神使，自然也能踏天梯、窥天机。琪也许算一个。

二

琪在成年的时候，已经悟到大道，以凡人之身悟圣人大道，算是奇迹。琪小时候学画符，凝神静气，笔锋醇厚，笔笔藏大道，犹如天书，很有圣人之风骨。

在儿子的心中，父亲珣的样子就是一个普通的良渚人，算不上高大伟岸，走在人群中毫不起眼。但他的眼睛，与普通人是不一样的，那双眼睛就是观山望海的神巫眼，充满了慈悲，深藏着纯阴纯阳之气，眼睛后面还有一双眼睛。父亲的双目在良渚繁盛的时候紧紧地合上，苍天为之落了一场红雨。小巫师琪从昏睡中醒来，重新打量这个世界，发现天是红的，大地是红的，水是红的，伏在他胸口的小兽也是红色的。但在他的内心，小兽的毛一直是灰色的，他后来总觉得小兽的毛是红色的，是因为他认为小兽是祖辈们用鲜血换来的生命。已经成为大巫师的琪在延续他们的生命，护佑良渚国子民免受伤害。大约过了一年，他眼睛里的红色才慢慢消退，自然界的五彩斑斓在他的眼中才重现生机。而在此前，琪从水的倒影中看到自己的眼珠子都是红色的，更何况是其他影像。

满眼的红色，是父亲临走前七窍流出来的鲜血，挥之不去。琪后来把这种红用在制造各种器物上，再镶嵌进玉石，他描摹那个朱红色的漆盘上的星星点点的玉粒，像宇宙中星光灿烂的银河系。他后来制作各种器物的灵感全部来自父亲雕刻的那个玉琮神徽。

一直到琪的后代周文王姬昌改先天二经为《周易》，璿的愿望才终于实现。璿在昆仑山上化成一只上古神鸟，在高高的山巅上，关关之声响起，在凛冽的雨夜，璿这只孤单的大鸟，啼血而鸣，飞入苍穹，从此再没有出现在琪的梦里。

铺天盖地的雨下着，苍穹深处传来阵阵轰鸣，叩向大地的心窝："请打开地门，我是你的永生，我要归来，我要归来……"那是像人非人、似鸟非鸟的神使，从黄昏的雨夜飞来，纯白羽毛上织满象形的图案，在天空中飘动。它抖落万千风尘，怀抱一根枯枝，流云般的身姿，像一个古老谜语，一直延续到二十一世纪的今天，直抵我们的内心深处。

是的，璿是昆仑山上的神明，他在昆仑山太久，他承担了太多的孤独苦涩，现在他的血肉之躯回归华夏大地，入土为安。

珣用毕生的力量把神鸟的元灵雕刻进玉琮，他的使命已经完成，他的身体化成玉琮上的卷云纹，张开羽翼直上九天云霄。琪的父亲和爷爷在生前做的是同样的事，他们把生命中的精华留给后人，然后去和远祖会合。玉琮被供奉在高高的祭台上，那是将良渚人的终极信仰供奉在祭台上。

良渚墓葬出土器物上的符图，可以说是这世界上最早最神奇的山水笔墨。试想一下，早期文明的出现是以符图的形式，祖先们在简单的石器敲敲打打中寻寻觅觅，开始了在大地山河上一笔一画的勾勒，从古老的自然文明到现代文明的样子皆由此而来。在良渚反山王陵莫角山遗址的水塔之顶，那一片面积约二十平方公里的遗址群中，拥有一百件玉器陪葬品的显贵墓地，寂静无声，玉器的光芒贯穿了整个良渚古国七百多年时间。玉器，是良渚人最大的气韵所在，良渚崇尚的玉文化是在符图的基础上构造出来的。这和古玛雅文明上界、中界、下界三大领界的宇宙观，颇有异曲同工之妙。

远去的爷爷住在琪的神庭之中，由一线光牵引着往前走。而父亲则融入了良渚国的土地里，所以，在琪的心里，爷爷像一只火鸟飞向天空，和苍天太阳神在一起；父亲则像一只雄鹰，在洒满星光的天地之间翱翔。他们化成日月中的神鸟，收起利爪，暂别良渚的土地。琪希望在自己的有生之年，在良渚国的祭坛上用无数的玉石磨成山川日月、飞禽走兽的样子，召唤爷爷和父亲的神魂，让他们重返良渚大地，护佑良渚的子民。

如何招魂，琪想过，要培养出更多的巫师，招募更多的玉器匠人，自己和他们共同完成这件神圣的大事。

爷爷和父亲离开他的时候都留下了一缕头发，这缕头发成为琪和他们在异度空间的接头信号，只要在他们的发丝上滴一滴自己的血，就能知道他们的消息，并和他们说上话。这是巫师家族与先人特有的联系方法。这就像曾经的滴血认亲一样。

无数个深夜，大巫师琪仰望星空，寻找爷爷和父亲的身影，仰望祭台上的玉琮，那是父亲的另一个魂魄，上面排列对称、千丝万缕的卷云纹路里隐藏着父亲的生命轨迹。

父亲在世时，琪经常守在他的身边。看着父亲雕琢玉器时凝神的样子，他有一种流泪的冲动，又怕影响了父亲的情绪，经常把泪咽进肚子里。父亲躬着身子，把全身的力都汇聚到十根手指上，弯起的胳膊像一把刀，刚劲有力。后来玉琮上的那一对像刀一样的手臂就是父亲的手臂，是这双手托起兽圆圆的大眼睛。这双眼睛不是别人的，是琪和小兽的眼睛，又圆又大，泪光盈盈。父亲岂能不知道儿子的心事？父亲一笔一画刻的纹路，是沿着祖先的足迹而来。巫师家族中的人在日常交流时，无需太多的语言，一个眼神、几笔符线，就能洞晓内心的一切。也可以说神巫的流传是从符开始的，那些千变万化的线涵盖了大千世界中的一切道理。

"儿子，别小看了我们家族画符这门手艺，这是我们赖以生存的法宝。不仅是我们家族的，更是天下人的法宝。你心里所思所想都在其中。在别人眼中，它是简单的横七竖八的线，可是你如果没本事绕过这一条条符线，就无法生存，它是大自然的法规之线。每一根线的尽头，都有一个希望存在，我希望你以后突破自己，守住这根根回纹之线，让千千万万人怀抱希望。如果没有这些符文引领，人类就会迷路，良渚子民就无法走向更远的地方，走不出去，就意味着灭亡。符文是最高的信仰。儿子，你要学会用另一双眼看世界，这另一双眼睛是常人看不见的眼，隐在你的心里，刻在你的血脉里，是我和你爷爷倾尽了一生的功力留给你的，在你未出世前，我们就谋划好了这双眼睛。至于你怎么用好这双眼，全靠你的悟性，你的能力将超越你的祖辈超越我，我们一生求而不得的事将由你去实现，由你来改变良渚子民的大运。"

琪在父亲身边时，父亲用腹语和他传话。一直到父亲仙逝了很久，琪才悟出父亲的许多话的含义，但他说的另一双看不见的眼睛，那双眼睛指的到底是什么，琪仍然一知半解。

三

琪在父亲珣离开后的若干年，与小兽相依为命，一门心思钻研巫术，得天神助，开启天眼，悟出了引领人类发展的要素——文字。万事万物都有可能随着生死的结界永久消亡，很多时候，人自以为人，但在天地面前，连沧海一粟都算不上，更别说与之相融。鸿蒙之初，人不是唯一，没有你我之分。天地孕育万物，能生一切，亦能毁一切，生灵更迭，生老病死，这是万物法则，如果肆意破坏，是要绝种的。

唯独文字可以把人与物的痕迹留存于世，千秋万代，永生不息。文字是人与万物最大的通灵载体，这是琪对文字最初的认识。人的七魂六魄由文字来开启，否则，人和兽没什么两样，甚至还不如兽的智商高。

琪发现的文字只是一个象形，可以通过实物用树枝或石头把它在沙地上描摹下来，但还没有办法把这种象形的文字落到实处。但就整个巫师家族而言，到琪这一代已经是青出于蓝而胜于蓝。琪完成了爷爷与父亲的重托，蜕变为一位有大智慧的大巫师。一个有着高智商的巫师，不仅要掌握问天观象的本领，还要有与诸事万物沟通的能力，特别是人与人之间的沟通能力，让巫师的智慧从祭坛上走向苍生，让更多的人明白天、地、人三道互为一体的关系。

琪在厘清了这些问题后，从当初的混沌中豁然开朗。他想，我虽是沧海一粟，但也要在大地上播种下属于自己的精神印记，让它"生根发芽"，让它成熟壮大，任凭天地间的雨打风吹，但决不动摇，带领众生奔向彼岸。我凭自己的能力去做，好好做，就不信做不到。

一念是永恒。

父辈的嘱托就是琪的天命所在。想到此，琪顿觉脑海里的万粒种子开始萌动，在历代巫师先祖灵魂星芒的照耀下，这一万粒种子随风发芽，每一棵芽都对应着一个人，有父母，兄弟姊妹，有从小一起玩到大的伙伴们，有四不像小兽，有良渚王和王子公主们。父亲给了他作为一个巫师的权力，让他继续在这片土地上呼风唤雨，继承父辈传承下来的巫师事业。

这些年，琮王对琪承担了一位父亲的责任，在物质与精神生活上给予了他最好的供养，让他过上与王子公主一样的生活，甚至对整个巫师家族的人都很关照。另外，琮王对小兽给予了最大的包容，允许它和琪形影不离。在王和四不像的双瞳对视的时候，王的内心是震撼的，在它的眼睛里能看见群山和大海的影像，那不是一只兽的眼睛，而是神的眼睛。良渚王从这双眼睛里看到了好兄弟珣的眼睛，看到了良渚国宝玉琮上面的大眼睛，那上面的阴阳线纹，如同四不像眼睛里碧波荡漾的良渚湖泊，像极了。整个玉琮的韵味就在四不像的眼神里，它是人、兽、神的化身。琮王是什么样的人啊，他是一国之主，是良渚部落最了不起的王者。琮的父亲与珣的父亲虽不同姓，却亲如兄弟，琮和珣曾一起向父辈们学习巫术，共同成长。琮的父亲先一步离开人世，是珣的父亲护佑琮，让他登上了大酋长的宝座。此时琮突然醒悟：大巫师琪的四不像才是良渚国的镇国之宝，这哪是只兽啊，明明是天神降临大地，是它给良渚带来了福泽，是它在这片土地上镇守着，它才是良渚国真正的保护神。

四

后来，每次琪带着四不像进宫，良渚王都会流露出恭敬的神情，没有人知道为什么，琮王对琪的礼遇远超对琪的父亲珣。要知道，兽毕竟是兽，不可与人相提并论，一人一兽出现在王的宫殿本是忌讳，但良渚王欣然接受了这一局面。

117

　　四不像如同琪生命中的另一半，他们时刻在一起，琪相当清楚，兽是爷爷的化身，带着爷爷的旨意来保护巫师家族的后代。如果没有四不像小兽的护佑，他很难活到今天。四不像幼小的时候，琮对它并无兴趣，他从兄弟般的珦口中得知小兽的来历，隐约知道它在兽类中血统的高贵与灵性，琮从与它的对视中，开始对小兽另眼相看，琮知道了它是玉琮的原型，它是良渚国另一个通灵的神物。琮王的心不由战栗——怕自己有不端的心思被四不像感知到，丛林里的万兽都会有心灵感应，天在看着呢。因此琮王敬兽如敬神明，更别说去招惹小兽了。

　　琪与王子公主一起长大，四不像何等聪敏，它很会审时度势，跟在琪后面在王宫进出，熟悉了宫里每个人的气息，一一记下他们的面孔，特别是记住了王的面孔。那张脸是与众不同的，那双眼睛里写满了欲望，这让四不像产生了鄙视的心里。只有琪才是它真正意义上的主人，但如果琪变成了像良渚王一样欲望满满的人，它同样会鄙视。它相信琪不会成为那样的人，否则抚养它的爷爷死不瞑目，它相信爷爷的眼光，琪就是巫师界的天选之人，他能够改变这个世界。长大的四不像目光如炬，眼中的人面相更是包罗万象，它从小就和人一起长大，熟悉人的一切喜好，它除了无法说人话外，对人的世界样样知晓。它很快和王子公主们玩得不亦乐乎，琪的世界成为它的世界，它的使命就是护佑琪一生一世，让琪免受伤害。人的世界不比兽的世界，人有时候更不讲法则，想一出是一出，从不按常理出牌，这是四不像认为最可怕的事情。

在丛林里，只要四不像在琪身边，任何兽类都不敢伤琪一根毫毛，但在人的世界里，危机四伏，它得时刻保持警惕，哪怕是睡觉的时候，也要睁着一只眼守护琪。王子公主们从四不像的双瞳中看见自己的影子，很是惊奇，一致认为这是一只与众不同的"狗"，他们哪里知道它非凡的来历与通天的本事，如果没有它的启示，琪的父亲珣无法赋予玉以灵气，玉琮的王者之气难见天日。这块兽身人面像的玉琮正是这个小兽灵魂的显现。然而在众生的眼中，它只是一只不会说话的活物而已。

一只黄色的鸟落在宫殿的屋脊上，然后在苍茫的暮色中向部落边缘的丛林飞去，天空中没有一丝痕迹，旷野之上响起一支天籁般的神曲，空气有些沉闷。在小主子的目视下，四不像闻到了危险的气息，内心溢满悲凉，它和琪都没有了父母，自小就没有安全感。在俗人面前，它命贱如草。除了琪理解它，琮王知道它的来历外，这世上再没有一个人理解它，不过它也不需要，否则那将是一种灾难。如果它有预知未来的能力，知道自己后来会在一场宫廷权力争斗中丧命于小主子的石钺下，血溅玉琮，它一定会提前把良渚国的这些败类统统咬死，以绝后患。

天圆地方，玉琮就是按照这个原理雕琢成内圆外方的。那一笔一画，就在这方寸之间腾挪。天地像一个大熔炉，好的坏的、美的丑的都在其中。天地也是一个大写的字，把字写在天上地上，为众生造福，是一个巫师的终极目标。接下来琪要做的事，是把文字发扬光大，跟随自己的心，用文字让这个世界有所改变。

作为万物之灵的人，秉天地之气而生，祖辈的血液像一条河流，在琪的身体流淌不息，经常让他彻夜难眠。到了他这代，命定要以天下为己任，四海为家。他希望来一场大火，将自己焚烧干净，煅烧一下那个曾经面色忧郁的良渚少年，好让他把身体里的力全部使出来，好让他在青壮年之际矗立在昆仑山巅。他想念在大山中化肉身为山石的爷爷，想念葬身于良渚田园里的父亲，他想让他们看看良渚国现在的天下是什么样子。

第七章　神符的世界

一

自从琪第一次打开天眼之后，他知道自己在这个世上生活得并不孤单，这世上还有许多巫师，并不一定是人族，比如小兽的家族，也是杰出的巫师代表，它们才是真正的巫师神族。它们守住自己的家园，鲜少与人族往来，它们的巫术不得用于人类，否则就会触犯法则。它们和他们在这个世界上维护着和平，在巫师的世界里，没有时间观念，只有轮回。

如果人类过度攫取资源追求享受，地球迟早会不堪重负，极有可能会在某个时刻更新轮回。邪恶的巫灵会引来一场瘟疫将人类毁灭。邪灵巫师念动咒语："我以生命诅咒，我要让你永无宁日，我要你在人世永受孤独的摧残，我要让你永生不死。"人类应该警醒，而不是执迷不悟。只有这样人类才能得到升华，于虚无中孕育新生命，于无形中包容万物，万象轮回。

历代巫师所做的事，都与水神爷龙有关，他们开坛作法，接通天地神灵，其实就是在寻找天上的和海里的水神爷龙。民间的子民没有大巫师那种求雨的能力，他们用土垒成一条土龙来求雨。天上地下，都有水神爷龙的身影。可没有人见过水神爷龙的原身，它只是一道古老的气韵。

所以巫师家族的人也是龙的传人，他们的灵性与寻常人不同，不能按照自己的喜乐活着。他们必须学会倾听这世上不同的声音，特别是从神秘的虚无之中发出的声音，这种声音无法被驾驭，也无法被证实，无法被描述，却是那样确凿地存在。这是更高的真实。这种声音只有少数人能够听到，并受到召唤。巫师受万人敬仰崇拜，但有谁知道他们内心的苦衷呢？那些平凡的人反而是幸福快乐的，他们一辈子关注的，就是鼻子底下那一点点东西。这世界上为什么要有号称龙师的人族存在，就是为了让人的眼睛朝上看，不能只看那一点东西。

琪告诉自己不能软弱下去，得振作起来，像父亲一样给这个世界留下点什么。天空中的紫烟雾画出的符图给了他很大的启发。为什么不能在部落里的陶器上画符呢？可以画出许多不一样的符，像父亲雕刻的玉琮一样，所不同的是，陶器不仅能让部落里的人观赏，还能供日常使用。

既然目标已经确定，第一步就是要找到心里的感觉，给每一样东西画的符都不能相同。当你把一件事情看成正常现象时，做起来就没有障碍了。

琪的心里涌起了潮湿气，这种湿润跟随了他的一生。他要在生命轻与重的熔炉里煅烧自己。也许自带神性的人总是要被海水浸泡，经过火的历练才能重生。这是上天赋予巫师家族的魔咒。

当天际线上的最后一抹霞光被黑暗吞没时，众生带着梦呓进入了梦乡。琪抱起小兽走向旷野。他们走在没有月亮的暗夜，小兽毛茸茸的身体温暖着他的心。黑暗在他们的面前打起了一道冰冷的墙，越往前越难走，又空茫无边，沉浮不定，其中隐藏着不变的或巨变的幻象。琪在黑暗中感觉自己成了一枚隐匿的符号，肉身上披了件灵魂的衣裳。

先祖们不朽的灵魂在看似虚无中盈盈飞动，在袅袅的紫气中留下一道道优美飘逸的弧线。他们是为了苍生而活的纯粹的人，甘愿为良渚的子民付出所有，他们在空旷寂寞的苍穹中守着天道。

开了天眼的琪突然间懂了：天道自然法则是世间最

美的护身符，像一片古老的叶子，它得立起来，而不能枯萎下去。这一缕缕飘向人间的紫烟，正是接通人与天地的符箓。人也是大地上的一个符箓，与自然为一体，互为本质。小巫师突然脑洞大开，天空中的紫烟不是符箓，又是什么呢？这烟不断嬗变出从未有过的新奇图景，与人的意志相连，你想象它是什么样子，它就成为什么样子。它灵敏、狂放，超越肉体的控制，让灵与肉合一，让人融入大自然，世界上的一切都成为它的背景色。它只是一缕轻烟，不会说话，却什么都懂得，投射进人的身体里，与自然同在。这个不会说话的紫烟，就是我们的大地母亲，她存在了亿万年，一直主宰着人的精神，她从不遮蔽自己，也遮蔽不了，她将要在良渚国的新世界里现身。

　　这是一种混沌中的俗世力量，与人类较量已久，陌生的、熟悉的，宏大的、渺小的，这一切都是全新的。琪突然觉得自己太渺小了，羸弱得不堪一击。祖辈们是那么强大，而他如此弱小，他是否能担得起先祖的嘱托，完成繁荣良渚大地的使命？不管怎么说，有了先祖的加持，无论路多么难走，总得走下去。过去的已成事实，现在的仍是未知，更遑论未来。人是多么可怜，想得很远，却意识到自己根本达不到，等于一个人还无法站立，不能在这个世上立起来。如果承认了自己的渺小，那就承认了没有未来。

琪在这个朦胧的夜晚，抱着小兽坐在一棵树下小憩，他梦见自己站在悬崖上，前面一片空茫，没有路，他和小兽掉进了万丈深渊，肉身化为泥尘，灵魂飞散。在半梦半醒中被小兽的磨牙声惊醒。

不知道为什么，从那天回来后小兽生长得特别快，金色的双瞳像两束火把，能冒出火星。小兽的神情与从前不一样了，那种童蒙的状态不再出现，只要它睁开双瞳，似乎就能把世界烧成灰烬。再过些日子，它就要变成一只充满力量的兽了，也许会长得比琪还要高大。更奇怪的是，它的两只猫耳朵一样的角，像两根小柱子，越长越大，再静的夜，哪怕有一点声音，它的耳朵都会动，好像它从来就没有睡着过，时刻醒着。长大的兽成了琪的保护神，连良渚王都畏惧它，所以琪进宫殿的时候很少带兽，怕它的威武冒犯了琼王。这是爷爷留给他的吉光之兽，等于是他的另一条命，他从不敢拿兽的命赌。吉光之兽一旦认主，终生不渝，它生于荒原大泽，寿三千岁。

爷爷辈赋予琪如此强大的灵性，那便是他的天命所在。这一世，他要寻找到一幅写在大地上的龙族图谱，让众生知道，一个与龙之气相生的人，其一生的追求必然是高远的。

125

琪的梦让他知道自己想要走的路。这条路也许没有
祖辈们走得那么艰难，但一定要走得稳健，走得踏实。
只有这样，这条路才能世世代代走下去，走得越长久，
才越接近终极。他希望让这种终极的符箓自他的手中流
传下去。

二

"人是什么？人是一个新型的庙宇，是庙宇的显现，
是构成一个终极符图宇宙的灵物。在寻找同类的同时，
显现自我的世界。这才算是人。"

琪被自己的想法吓了一跳，但他对这种想法深信不
疑，否则他无法担当起爷爷和父亲的重托。他现在渴望
从大自然中发现人的小自然的力量，向良渚王提出每一
个个体生命应该向大自然学习生存的能力。

那么，他将用什么样的形式把自己的想法变成看得
见的实证，以此让琮王相信他，就像相信天神真的能降
临一样。他能做到吗？又如何去做呢？父亲曾告诫过他，
人在世上，一定要懂得隐藏，才能厚积薄发。

爷爷留给他的《连山》《归藏》二经，他早已烂熟于
心。父亲曾说过让他把这二经与天地同修，才能生发出

全新的东西，改变这个世界。当一个人的能量累积到一定的程度，再也藏不住的时候，是需要释放出来的。琪感觉自己的胸口快要爆炸了，强大的气息在胸中涌动，世间之气、千树万花、河流大地一齐向他涌来，胀得他双目赤红，头疼欲裂。那是天地间的五行之气汇聚到他身上，变成一个巨大的内核填进他的意识里。一人一世界，他就是一个独立的世界。这一切让琪异常惊骇。是该对自己做个了断了，否则将永无宁日。

琪走向了供奉玉琮的祭台，他要从父亲的遗作中寻找灵感，并超越父亲。琪相信自己的能力，接下来他要做的事情，就是从吉光片羽中寻找光，打造自己，从认识自己开始，成就这个世界，让所有人都懂得——人活着的意义是证明自己的能力，寻找到最好的自己，用最好的自己来改变这个世界。

此刻的琪头脑一片空白，但他并没有惊慌。他知道，空即是满。空出来才能注入新的东西。他要尝试忘记旧的世界，否则新的世界从何而来？他想把脑中原来的景象排空，并不是遗忘爷爷植入他脑际的陈年旧事，而是要把那些旧事重组，在旧的事物中重建一个新世界。在梦里，爷爷和父亲对他说过许多话，唯独这些话是最有价值的。爷爷甚至预言过良渚国有可能发生毁灭性的水灾，水灾过后，大地上瘟疫肆虐。为什么会发生水灾？

127

琪不得而知。

琪所能看见的是，部落繁衍得太快，人对食物、布匹、玉饰、陶器等物品的需求数量越来越多。挖掘的噪音充斥着古城内外，人的生活秩序不断被改变和打乱。越来越多的人在寻找更好的位置，不屑于远古的刀耕火种。有些人不甘心留在这个贫瘠的地方，他们带着所有的家当远走他乡，去寻找更好的生存空间，留下了一个又一个废墟。在那些被人遗忘的灰烬深处，有多少灰烬就有多少张鲜活的面孔，每一个废墟下面都有过烟火味，像温柔的丝绸，裹着人们的肌肤。那种阴柔的包容才是这个世界上最高级的力量。

琪时常在梦里想起爷爷和父亲的脸，在无底的黑暗中，他们的脸像黑暗中的种子，破土而出；像湖水上的白鹭，俯视湖水在湖面上滑行。先祖们用内心的力量与宽广的视野朝着深广的黎明处生长。他们化为万物中的一种，隐身在众生看不到的地方，向着他们曾经生活的地方飞去，绕着黄泥屋念起古老的咒语，为这片土地上的亲人们加持。在他们的世界中，普天大地都是他们的至亲。因为亲人，他们才有了回家的热望。他们回家的方式不是有形的，而是无形的，他们在每个露珠出现的早晨，脚踩着露水和草尖，踩着一片片花瓣降临大地。风鼓动起尘埃，花落和草拔节之时，便是他们回家的时刻。

每一次注视尘世中的每个律动时，琪的眼睛总会湿润，爷爷和父亲的身影无处不在，他们成为常驻自己心间的一股清流、一缕清风，渗透进他的四肢百骸中，滋养着他的根根神经。他经常领着小兽到荒野之中去，希望在那里能遇见爷爷和父亲的灵魂。琪像爷爷当年一样，离开了人群，离开了灯火辉煌的王的宫殿，从内城走向外城，走向蛮荒之地。他带着长大的兽，去寻找心中的那个叫"易"的东西。"易"一定像爷爷留给他的小兽，充满了神奇的变数。他要将无数的符图变成那个叫"字"的东西。这才是爷爷与父亲未完成的使命。让良渚人的后代，从文字中知道自己从哪里来，到哪里去。

爷爷和父亲都说过，"易"不是一个字，它是一个生命，像小兽一样的生命体，它会在地上爬行，也会像龙一样腾云驾雾、上天入地，给苍茫大地带来及时雨。总之它无所不能，无处不在。那画在兽皮上的符图，蕴含着好几代巫师族人的体温与指纹，已经被抚摸出光泽。那张图分为三块，一个圆形的三角区域里有三个有点像鱼，又有点像蝌蚪的水族动物，扁圆的脑袋，尖尖的尾巴摇曳着。这三个独立的鱼形符图分开来是独立的，连起来首尾相接，互为一体。

在无数个星夜下，琪打开这个兽皮图，仰望星空，希望数不清的星星带给他启示，让他读懂先祖留下的图中的玄机。父辈们能讲的都讲过了，可是这幅符图中的玄机不是一般的玄奥，悟性不高的人，得不到天启的人，穷尽一生也无法读懂。

那一夜，和平常一样，琪离开部落的草房子。小兽跟着他久了，潜移默化间知道了主人的心意。它从小就熟悉小主人的气息、肢体语言。琪每次出门，小兽都能把他带到一个他想去的地方，而且离开部落并不算太远，可以望见部落里的星星灯火。可是，这天晚上，小兽一反常态，它把小巫师带到一个从来没有到过的地方。他们离开部落越来越远，渐渐地，已经看不见部落里的灯火。

也不知道走了多远，小兽的鼻子里喘着粗气，释放出一阵阵兽类特有的腥气。它好像是故意为之，又好像是随心所欲。琪起初并没有在意小兽的异常表现。有森林里的最后一只四不像神兽陪伴，他从不担心荒野中的兽类会伤害自己。

小兽走得看似漫不经心，但每一步都铿锵有力，虎虎生威。琪看到了黑暗中有无数的眼睛在注视着他和小兽。每棵树的身上都长着眼睛，风拉扯着树枝，片片叶子像会移动的刀刃。空气中有凛冽的杀气，也有绵密的祥和之气。

三

这祥和之气，是从一只羊的身上散发出来的。它的双角在星光下泛着青色的光，它的肚子滚圆，一定是怀了胎，等待着分娩。它也许是爷爷变的，或者作为爷爷的使者来与琪接头，否则它为什么会出现在琪的面前，不早也不迟？有那么一刻，琪感觉自己的灵魂进入了这只羊的躯体里，成了羊肚子里的孩子，能感受到母体温热生命流动的汁液。琪一度怀疑这只羊是不是他的母亲。他从小没见过母亲，父亲说，母亲是因为生他难产死的。母亲怀他的时间特别长，他迟迟不肯出世，直到把母亲的心血耗尽。可是他生下来时身体并不强壮，非常孱弱，落地时的哭声苍白无力。先天没有壮硕的体质，又遭遇母亲因为生他而亡，只能靠后天的力量帮助他长大。他出生的时候，虽然天生异象，百鸟争鸣，可是部落里没有一个能喂他乳汁的母亲。那一年他是整个部落唯一一个出世的孩子。家族人急红了眼，当务之急要为他寻找一个乳母。

璚踏遍山谷，在悬崖上为琪找到了一只母羊，它有丰沛的乳汁，爷爷牵着羊急急下山为孙子续命。那只羊似乎天生就是来给琪哺乳的，见到这个瘦弱的小不点时，它的眼里有泪，竟然双膝跪下，哺乳这个人类的孩子。瑢在山中并没有发现它的羊崽。在琪童年的记忆中，那只给了他生命乳汁的母羊，四肢坚韧，体健貌柔，成为母亲的替身。它会温柔地舔他，把他从头舔到脚，像母亲抚摸孩子一般细致。这只给了琪生命的母羊最后的命运很凄美。它被献上了良渚国的祭台，永远合上了慈祥的双目。母羊被拉走的时候，琪号啕不止。那可是他的乳母，他的血脉里流淌着乳母的乳汁，早和它心灵相通，生死与共。可是他救不了乳母的命。在这个弱肉强食的丛林里，他弱小得连自己的命都无法掌控，更何况一只乳母羊的。

后来，琪只要一看见羊，便如同看见生母一样，有一种说不出的亲切。它们是这世上最慈祥的物种，与世无争，与人无争，直到用自己的血肉之躯向天地献祭。

特别是在朝圣的路上，人和物的命都不由己定，包括神明在内，任何事物都无法僭越天地法则。

"世间的万事万物，都有着特殊的气场，都有特定的符号来标识。"这是爷爷留给父亲的原话。爷爷走后，父亲珣把这句话又传给了琪。谁能解读出那些符图标识，谁就拥有了登天的梯子。这样的秘辛不是寻常人能悟透的。

132

　　树林里这只怀胎的母羊目视着琪和小兽，慢慢向他们走过来，突然屈膝向他们跪下，双目流泪。琪惊呆了，他蹲下身子，搂住母羊的脖颈，泪流不止，继而放声大哭。丛林深处，无数的眼睛跟着流泪，齐齐跪向母羊和琪。

　　一声长嚎划破黑暗的天空。小兽领头发声，接着林间的万兽之声齐发，有狼嚎，虎啸，猿啼，鸟鸣，虫吟……千树万叶簌簌作响。琪再也控制不住自己，将声音拉长，嗷——嗷嗷——嗷嗷嗷嗷……在小兽和琪的引领下，长嚎声向外扩散着，群山上的动物们都得到了召唤，齐声呼应，悠远绵长，撼动群山。

　　峡谷的深处，一只青鸟从远处飞来，它在琪的面前跳起了舞，变戏法似的从嘴巴里吐出一根青枝。然后它用尖尖的细爪抓住这根青枝，飞到琪的头顶，在他的脑袋上左一下右一下划动，琪的头跟随着枝条有节律地摇晃。青鸟小巧的身体贴到他的耳边，用鸟语对他说："神使，神使，对你下跪的叫羊，世上最美的羊，你要把它的样子画出来。"说完青鸟就飞走了。

　　万兽齐鸣，最美的羊，最美的羊，最美的羊……

　　这声音如雷贯耳，把琪惊呆了。小兽目光炯炯，满身的金毛在星光下闪烁。

　　这声音如同惊雷把部落里的人给引出来了，良渚王的宫殿里灯火通明，琼王从睡梦中醒来，他不知道山里发生了什么事，惊慌地奔向祭台。他要向他的大巫师琪求证，山谷里到底发生了什么事。可是来人禀报，琪不在部落里。琼当年未能劝阻琪的父亲用一杯毒酒自尽，这成了他的心结，因此他很少有勇气正面接触琪。从内心来说，他对巫师家族是有愧的，他的良知尚未泯灭，只是难以控制自己的私欲，眼看着亲如兄弟的珣在完成使命后告别凡间。但他并没有意识到自己有罪，如果没有珣为他日夜操劳，观天象，指导农事，传授制玉的技艺，用生命雕琢出玉琼，护佑良渚的黎民百姓，琼是无法安坐良渚王的宝座的。良渚国的风调雨顺，是大巫师珣舍弃自我换来的。

　　良渚王望向山谷，喜忧参半，他不知道将会有怎样的事在等待自己，琪不在部落里，人去了哪里？祸福难料。琼王发现，作为良渚国新一代大巫师，琪和他的父亲珣有诸多不同的地方，尤其是那个小兽的目光，总是让琼王感到一丝异样。如果琪的羽翼逐渐丰满，到了在万物面前一呼百应之际，恐怕就是他这个王下台之时。深深的恐惧袭击了琼王的心，差点将他击倒在祭台上。

　　"他不会这样做的，他会像他的父亲一样护佑着我的王位，护佑我和护佑他的家族同样重要。良渚国也是他的家。国不在了，家也会凋零。"想到此，良渚王顿时有了信心。他立在祭坛上等待琪归来。琮王感到一种迫切的需要，必须马上和琪，这个比珣还要厉害的大巫师好好谈一谈了。

这个亮如白昼的夜晚注定不同寻常，整个良渚国如潮水般沸腾起来。茅草屋里的人被山谷里的万兽嚎叫声惊醒，循着祭坛上的鼓声，他们向祭坛方向走去。包括巫师的族人，都不知道发生了什么事，只是他们没有见到年轻的大巫师琪。一群人迷迷瞪瞪地朝着山谷的方向望去。

那是怎样的景象啊。

四

星光下紫烟弥漫开来，而在烟幕中似乎有一个握笔的巨手在挥舞，一横、一竖、一撇、一捺、一钩，苍劲有力，每一笔互相渗透融合为一体，飘逸灵动。小兽目不转睛地盯着空中的那支神笔，琪的魂被那支笔勾到空中。小兽的吼叫声响彻山谷，传到离山谷不远的祭坛上，所有的人都听到了它的声音，雄壮激越。只是他们还不知道那是小兽发出的声音，因为他们从来没有听它发过声。所谓不鸣则已，一鸣惊人。那支笔画出来的线条越来越多，时而分开，时而聚拢，到最后天空中的笔慢了下来，在一条条如丝如缕的线形中停止，然后那支笔再轻轻一钩，紫烟慢慢散尽，天空中留下一只青鸟的符象。

小兽伸长脖子吼完最后一声，它和琪匍匐在地，向着天空中的青鸟三叩首。山谷里传来另一个声音：孩子，这是鸟文，是符图中的代表，集天地间精华，拥《连山》《归藏》之神韵，是苍天献给大地的礼物，它叫字。字，可以改变人类的命运，它只有画在土地上才有意义。土地给人类食物，使人存活下来，繁衍生息，你们要懂得感恩，敬畏土地，不要伤害土地。土地才是人类的母亲，人、动物、植物都是土地的孩子，都有情感、思维。人类之所以优于别的物种，是因为只有人知道字的意义。

琪泪如雨下。爷爷和父亲的夙愿莫非是"字"，他们希望他用字来改变先天二经，用字来书写一个新的世界，改变世界。用字来引导一切，更重要的是用字来书写一部厚德载物的经书，为人类谋福祉。

苍天有眼，琪第二次打开天眼，和双瞳小兽一起，同时看到了天空中出现的神迹。爷爷留给他这只神奇的四不像小兽，就是为了有一天把他引到识字的山谷里来。

此时琪的眼睛滚烫，他从小兽的双瞳中看见了自己的眼睛。他发现自己的双瞳上出现了一个奇异的符文，左右眼中，有鱼在游弋，有鸟在飞翔，一白一黑。琪突然明白，这是天地阴阳二气，这阴阳二气化成太极图形出现，抱合在一起，只为滋养天地万物而生。而且任何一种法则，只要在这样的眼里演示一遍，便会气象万千，脱胎换骨。

每一种景象在琪脑海里形成千万种神符，它们拉起无数的线条在跳舞，在碰撞，纠缠在一起。琪于是想："我要把这些独特的符号归拢起来，变成它们自己，用符号的形式赋予它们特定的意义，让它们自己说话，记录在大地上。爷爷毕生没有完成的事，由我来完成。"

其实父亲留给良渚国的玉琮，就是天底下最大的字，他把人、兽、神的样子刻成了天底下最大的文字，让人们永远铭记。

"爷爷、父亲，如果你们在天有灵的话，告诉我这是不是你们穷极一生寻找的东西。为什么在任何时候，只要我看见玉琮神徽，就像看见了你们。"

后来琪通过冥想的演练真正见到了爷爷和父亲心中描摹的字。爷爷的小兽能通灵，是它带着他开启了一条新路。

在一个和煦的春天，琪想看看爷爷和父亲的样子，他走向祭坛，与天对话。然后打开他们的棺木，木质早已腐烂不成形，埋藏在里面的肉身也已变为枯骨。一道光射进棺椁，琪泪流满面，地下的枯骨仿佛会说话，在风中传音给他："孩子，不哭，不哭，你长大了，你终于找到了字。大千世界中的每一件东西，由你来给它们命名，把字刻进玉石，在玉石上刻出这个大千世界，唯有刻出来的字才能留给后世……"

历代巫师穷尽毕生精力，培育了琪，琪则代表他们，让字在大地上生根，带着先天二经的智慧，寻找到了后天之易的绝学。

尘归尘，土归土，它们从光明走向黑暗，又从黑暗深处被现代人挖掘出来走向光明，几千年的光阴，人世更迭，有谁能说良渚文化发现者不是巫师的后裔？他的出现是必然的，他具备巫师的特性，以敏锐的神经与良渚古国的亡灵接头。

我们今天看到的神徽，除了人和兽像，还包括双鸟，数量极为稀少，鸟琮的数量为四件。后来发掘的玉琮，人面像隐去，只留下了兽和鸟纹。环绕在玉琮徽章的符文不断被简化，这一切说明人的神性在逐渐消失，真正有神性的是鸟类和兽类。人类由于被太多物质牵绊，世俗心理磨灭了天生的神性，变成俗物，哪怕是身穿神兽图案的衣裳，左拥右抱从山川大地上搜集来的玉器，也无法真正返璞归真。有些东西可以删繁就简，但那些象征生命图腾的初始痕迹一旦减去，删减的将是大地原初的珍贵痕迹与生命价值。我们从何处来，要到何处去的时空轨迹将出现断层。

琪肩负着几代人的殷切希望，可时间慢得如同刀割，压力与时间同在，而希望通向危险。灵力从哪里来，不在喧嚣的人群中，而在荒野。荒野是神灵居住的地方，它们非人非物，只是一缕残存于世的气息，谁能触摸到它们，谁就能获得天赐。诚如有些鸟儿，本不应该在笼中，因为它们的羽毛太过丰满，它们要用丰满的羽毛到天空中书写神迹，书写只有鸟类才能够认识的文字。

人的路在大地上，鸟的道在天空中，所谓各行其道。鸟降落在大地上啄食时低头、抬头的姿势，就是向天地敬礼的姿态。不同季节出现的鸟类，成为大地上最准确的时钟。它们排成不同的队伍，在枝条上站成一条线，像开在枝丫上的花朵，三只一群，七只一组。鸟类成为整个部落的共主——玉琼神徽图。鸟和别的兽不同，它从不向这个世界索要什么，驭风而行，风餐露宿。这种无欲的博大，使它们变得伟大而永恒。祖先们从狩猎跨越到农耕，再到今天的工业化，漫长的几万年，鸟类对人类的贡献是巨大的。

在狩猎文明走向终极的年代，人类有可能面临消亡，是神性的鸟从大地上衔来了文明的种子，播撒进大地，于是才有了稻、麦、黍等植物。也可以说，是鸟类拯救了后来拥有语言能力的人类。人只能发出一种声音而已。

139

鸟语的丰富程度远超过人类的语言。比如白鹭，扬起长长的脖子，叫："嘎啊，嘎啊，嘎啊。"如果用人的话翻译过来，是："家啊，家啊，家啊。"孩子甩着牛鞭赶着牛群，牛在说："哞啊，哞啊，哞啊。"是不是孩子在喊："妈啊，妈啊，妈啊。"斑鸠的声音："咕——咕——咕咕。"是不是在叫："姑姑，姑姑。"一声阴，二声阳，三声轻，一声长来一声短，叫得千肠百转，像失去娘亲的孩子，在寻找姑姑温暖的依靠。森林里鹧鸪的"咯咯嘎嘚——咯咯嘎嘚"清亮圆润，用乡音翻译好像是："哥哥来达，哥哥来达。"像妹妹在喊情哥哥。声声慢，声声含情，一句比一句深情。也有一些不喜欢发声的鸟，沉默也是另一种声音，它们的心在欢畅地发出天籁之音。

鸟离人越来越远，它们的古老的语言，人类已经听不懂，它们主宰着天空，和风雨雷电、蓝天白云在一起，人类主宰着大地，与海洋、山川、庄稼在一起。远古的时候，人类何尝不是在向它们学习发声，进而模仿大自然中一切生物的声响，草叶发出的"沙沙"之声，海豚在海洋中的豚音，稻田里的虫子卿卿我我……每一个物种，都有自己的领地，它们征服自己，征服自然，皈依自然。可是只要它们发现有人来了，很快就会仓皇逃离。它们曾是大地上的主宰，是人赶走了它们。沧海桑田，人事皆非。在某个静谧的星夜，遥望星空，我们都曾是天上的一颗星星，从人间大地上陨落后，变成天上永恒的一颗星子。从古人到今人，曾经有过同样的思绪，所以人类才活到现在。

历史文献记载，1949年以前，黄河决口泛滥达一千五百九十三次，较大的改道有二十六次。这些改道大多与人类有关，比如砍伐森林、筑坝改道、人为泄洪、抗击侵略等。也与天灾有关，比如暴雨冲刷、水土流失、泥沙淤积等。人类的集体意识会反作用于自然，改变的是人类与兽类的生存空间。如果是天灾，没有人有能力阻挡，如果是人为的，只能证明人类对大自然恶化负有不可推卸的责任。

鉴古知今，人类何以永续，天道即人道。人类是从水路游来，是从天空飞来，还是从陆路走来？人类最终要走向哪里？这就像良渚古国有关神灵与古城的碰撞一样，许多现象无法解读，像一个迷宫一样隐藏在大自然的深处。穷尽我们一生的力量去破解，仍然只是传说。

从古到今，面对茫茫宇宙，所有生命都无常与易逝，所有物质终抵不过时间的销蚀，成为齑粉化为虚无。唯有生命中的亲情、内心本真的坚守，不因时光的销蚀而消亡。拿得起，放得下，看破之后的智慧才是大智慧，这和老子讲的"上善若水"是一体两面。星球是会毁灭的，但宇宙是不灭的，因为它无欲无求。

　　琪就是在那个星夜的荒野中，从爷爷与父亲留给他的先天二经中读懂了这些真谛。他看见另一只小兽从海底升上来，他听到了它的呼唤。他嗅到了它身上咸咸的味道。而爷爷留给他的小兽身上，是植物的味道。它们就像一对孪生兄弟，而那只从海上来的小兽的来历更为传奇。

　　琪发现了叫"字"的东西，为琮稳固王位添砖加瓦。所有的字，后来都是王说了算，除了因五谷、天时、器物而生的字，其余的字都要以王为中心，包括每一个生下的人的名字，都必须要由王来赐名。

第八章　良渚玉琮何去何从

一

　　到琪这一代，良渚国已经发展成为王国，但从大自然的角度看，某种程度上不是在进步，而是在后退，因为代代祖辈巫师与酋长们并没能改变人们以兽肉为食物的生存现状，大地上的杀戮越来越猖狂，尽管部落里的人学会了把野鸡、野猪、野羊驯养成肉类食物，人类不再愁吃愁穿，不再有饥荒，但还是在杀戮。

　　周围的部落都听说了，良渚大酋长琮已加冕为良渚国王，而且良渚国能制造美玉的工匠遍地，还有养蚕、缫丝、织缎的技术，这些是别的部落望尘莫及的。良渚这得天独厚的资源谁不窥视？特别是那个九黎族的酋长，他恨不得一口把良渚部落吃干抹净。他们在暗中注视着良渚的一切，并伺机向良渚国下了战书。

就算良渚国没有美玉，部落与部落之间的战火也会被点燃，只不过是时间早晚的问题。如今，良渚国有这么多能工巧匠，有巧夺天工的玉琮存在，良渚国难逃一劫，一场毁家灭国的战争在所难免。越是美丽的东西，越是容易破碎，而且会碎得彻底。

在一个繁星密布的夜晚，琪和四不像离开部落，走向荒野深处。只有在无人的荒野，他才能找回自己的心。荒野里有一种魔力在召唤着他，给他智慧与力量，给他悲伤与温暖。

琪到荒野来还有一个目的，他发现只要到了荒野，四不像就会神气陡增，一改在宫中的静默，双瞳更加明亮，像北斗星一样。它会发出许多不同的声音，在它的周围会有无数双碧绿的眼睛盯着它，以它为核心，气场之大，直抵天穹。荒野是四不像的故乡，是它的胞衣之地，它来到这里就是回到故乡。事实上，爷爷也在荒野之中，有传言说爷爷不属于人类，而属于像四不像一样的兽类，因为他能听懂兽语。爷爷在传说中是人形兽心的异类。当然，琪从来不相信这些传言，爷爷是一个顶天立地的巫师，他只是悟性极高，与兽有心灵感应，情感上能与兽同频共振，他从不把兽当成异类，对它们如同对待自己的子女、父母。在林间，在山上，兽们看到爷爷亦如看见亲人。

琪长大后才明白这个道理，他希望自己成为爷爷这样的人，与兽结成同心。

旷野寂静无声，连风都停止了，好像是为了迎接这一人一兽的到来。琪和四不像齐齐跪向星空，他开始问天，一问："对犯我部落者，是否打？"二问："良渚玉琮何去何从？"三问："滔滔洪水，我们怎么挡住？"

远处传来轰隆隆的声音，向山谷中扩散，引得林子里的万兽齐鸣，四不像立在琪的身上，昂首，引领众兽长嘶……嗷，嗷嗷……这声音恨不得将一座山抬起，琪和四不像抬头望去，又是一团紫烟从山谷中升起，慢慢地弥散开来。一人一兽目不转睛地等待奇迹发生。

远山是苍凉的，犹如一个苍凉的大写的人站在那里。只是山脚下千万个生命的气息在苍凉中翻滚，涌动。一束红光射向琪和小兽，时间仿佛停止，琪记忆中的血液开始喷溅，翻卷，像僧侣的袈裟，像红彤彤的山花在开放，峡谷被染成了红色，光芒万丈。这红色无法让人安魂，琪想起了父亲珣躺在血泊中，血从他的七窍中喷出，染红了良渚的大地。就是这鬼魅的艳红让琪疼痛不已，呼吸困难，他害怕杀戮中的红血纷飞，一个个勇士像飞蛾扑火般迎光而去，像小虫一样死去，成群的蚂蚁吸附在他们的身上，血腥布满天空。

琪感觉脚下的岩石在移动，这些征兆是否预示着鲜艳的红光快要到来。

俄顷，像上一次遇到的情景再次出现，紫烟中慢慢幻化出笔画，像符咒一样的笔画腾空而出。

"以玉为兵，以玉为礼。驯草为谷，治水为先。"

这十六个字，如同箴言，又似天启，给琪接下来的路指明了方向，让琪终于把困扰于心的难题解决了。他意识到其实自己从不孤单，祖辈们时刻在脑海中宛如重生，并且他能够感受到他们在另一个世界中的生命气息，甚至能够与他们隔空对话，这都是上苍恩赐的神力。

琪把这一行天符般的字咒默记在心上，泪潸然而下，冥冥之中，他觉得自己的魂被一只上古的蝉牵着，去了一个乌有之乡，他的气息如蝉翼，在黑暗中振翅而飞，去和逝去的父亲、祖辈们接头。

是爷爷和父亲调动自己的魂魄，以字境的幻象告诉他这些理念。爷爷和父亲在另一个世界，把参悟的神思以这种形式传授于琪。

孤孤单单地思念爷爷和父亲多少年，母亲走得太早，来不及见到，她的容颜就像春天的野花一样被风吹落。尽管琪经常出入于王宫，和王子公主相处也很融洽，但毕竟隔了一层，那种强烈的疏离感袭来，经常让他觉得活在这世上是多余的。

他不想这样蹉跎光阴，总得要做点正经事才对得起远逝的爷爷和父亲，他们曾经都是最出色的大巫师，带领族人浴血奋战打天下。

父亲给良渚王雕刻出玉琮，这远远不够。良渚的危机就在眼前，首要的是给良渚国打造兵器，训练部落里的人使用兵器，掌握保卫家园的本领。他甚至想过设计的兵器在战争时可打仗用，平时当成农具用。

与周边的部落相比，良渚的规模不大也不小，周围有好多部落的酋长听说过良渚国有个了不起的玉琮，只是无缘得见，到底意难平。周边部落的酋长纷纷向良渚王提出要求，希望能够一睹玉琮的尊容，良渚王一一答应，除了以礼相待外，在邻居们欣赏完玉琮后，他总会送给他们一些做工精巧的小物件，还以祖先们在海边捡的贝壳作为礼物相送。

在后来的日子里，良渚周边部落的人们用海贝向其他部落换取粮食和各种可用的物件。良渚王没有想到，先民们随手捡来的海贝成为后来交换物品的货币，自从先民们到内陆生活后，海贝没有了来源，在使用的过程中越来越少，直到完全消失，出现新的货币。

良渚玉琮实在是精美绝伦，它的美被附近的部落传播到更远的地方，知道这块玉琮的部落越来越多，许多事被传成神话，就这样一直传到了九黎族酋长的耳朵里，并让他的心为之一震。三个头上的六只眼睛瞪得像铜铃大，对良渚玉琮从兴奋到嫉妒，进而产生了染指的欲望。于是九黎族酋长产生了一个邪恶的念头，何不把良渚王杀掉，活捉大巫师，并让大巫师来自己的部落，这样不仅可以将这块玉占为己有，还有了大巫师的加持，何愁九黎族的未来不会繁荣昌盛，赛过今天的良渚国？

二

　　一个人的嫉妒心能毁掉一个城池，九黎族酋长就是这么个蛮不讲理、嫉妒心飞上天的粗人。

　　大巫师琪夜观天象，知道良渚王国将要发生动荡，于是把想要制造的兵器式样在胸中构了个草图，然后和匠人们交个底，准备大量制造。父亲只给王制作出了让别的部落垂涎三尺的玉琮，那把代表王权的玉钺权杖钺瑁上出现了一道裂纹，已经不能代表王权。有了玉琮的琮王只是一个王，没有一件象征王权的完整器物是不行的，琪开始沿着父亲的路继续给琮王设计另一件玉器玉钺权杖，代表王的权力。这个钺只能供奉着，在重大祭祀的时候，才把它请出来。

　　琪听部落里的老人说过，在上古时代，不知道打过多少次仗，在打仗前有几千个部落集中到良渚来开大会，然后开战，血流成河，尸体遍地，部落里的男人孱弱点的被杀，强壮点的被俘虏。良渚部落里只留下手无寸铁的妇女和孩子，被俘虏成为奴隶。也就是说，每一个留存下来的部落都是用他者的鲜血换来的，每一座城墙下都尸骨成堆。祖辈们靠不断征战才苟活下来，上千个部落到最后只剩下几百个，甚至几十个。听着老人们的讲述，琪感觉到毛骨悚然，他希望永世安宁，没有战争。

可是，希望与绝望同在。在琪还没有开始打造兵器，没有完成想象中的玉钺权杖时，战争说来就来了，而且是因玉琮而起。九黎族酋长越过千山万水一路杀来，所向披靡，凡是他的部落经过的地方，战火弥漫，百姓们家破人亡，他们一直杀到了良渚城下。

桃花开得正旺，空气里弥漫着甜甜的花香，九黎族酋长兵临城下的时候，良渚王和妃子还在温柔之乡做着美梦。琪和四不像在荒野的桃树林中静默。

琪一身缟素，坐在桃树的枝丫间，双眸中仿佛有雾，犹如夏夜里的星芒。琪握着一把骨镞，这件随身佩戴的饰品是父亲打造给他玩的，骨镞上面刻着一只玄鸟。这个骨镞他从小就挂在腰上，上面的鸟被他经年抚摸，已经有了包浆。父亲是部落里的大工匠，他用良渚国特有的透闪石雕刻过许多动物，还用土做成动物的塑像，放在土窑里用火烧成陶，给部落里的孩子当玩具，有象、猪、鸟、乌龟、老虎、鹿、鱼，父亲的那双巧手无所不能。这些创作上的灵感，父亲是从爷爷那里学来的，但父亲的手艺比爷爷更精巧。良渚人一直与兽同行，它们的样子刻在良渚匠人的脑海里，天上飞的大雁、鹰、鹤，水里游的天鹅，成为他们的食物，它们的骨头被打磨成装饰品，美化了良渚人的日常生活。琪还记得小的时候父亲曾带他到很远的海边，他在海滩捡拾贝壳，每一个贝壳都像一个长相不同的人，神奇瑰丽。那是琪第一次见到这种美丽的东西，他把捡到的贝壳小心地包好带回部落给其他的小孩子观赏。

琪在桃花林中胡思乱想的时候，四不像瞪着双瞳在桃树林里游荡，此时九黎族酋长已经走进了城内。良渚王穿戴整齐，在一群人的簇拥下去迎接九黎族酋长，城里急促低沉的号角声惊动了琪和四不像，琪心里一惊，知道大事不好，他从号角声中听出了不祥，部落里肯定出大事了。一人一兽急急奔向城内，九黎族酋长的人马已全部进城，城门外围着许多人，睁着吃惊的眼睛，他们平生第一次见到长相如此怪异且凶狠的人。换句话说，这不像人，也不像兽。

琪很快劝走在街边看热闹的众人，生怕他们出事，自己带着四不像向王的宫殿走去，他要会会传说中的战神九黎族酋长。

　　良渚王以最高的礼仪接待了九黎族酋长。到了晚上，王的宫殿里燃起了篝火，王和酋长手拉手跳起了舞蹈。为了让九黎族酋长没有不适感，王戴起了大巫师的面具，他原本也是一名出色的巫师，这面具一戴上，巫魂附体，手舞足蹈，万物为他所用。九黎族酋长也受到了良渚王舞蹈的感召，在熊熊火光的照射下，三个头上的六只眼睛更加明亮，像红艳艳的发出光芒的宝石。九黎族酋长从来没有跳过这种舞蹈，不知道为什么，在良渚王的带领下，竟然无师自通，翩翩起舞，如痴如醉，仿佛被良渚王施了魔法，没有了刚进城时的杀戮之心。舞蹈中的两个人，不再是王者，只是寻常人家的血亲兄弟。良渚王透过面具向九黎族酋长传递自己的意念，那眼神像是在抚摸，像是在召唤。

　　这场舞蹈不知道跳了多久，连天上的星星都受到了感染，比往日繁密许多。城内的鼓点越来越激越，城外的百姓一夜无眠，他们走出茅草屋，在星光下载歌载舞，把黑暗跳尽，旷野深处的野兽们受到了感召，不由自主地在森林里跳起了兽舞。一直跳到晨光起，星星归隐，火红的太阳从东方的地平线上升起，所有人在晨曦中停下了疯狂的脚步，如大梦初醒般睁着如痴如醉的眼睛。这场舞良渚人记了一千年，流传了数千年。篝火之夜，九黎族酋长的六只眼睛扫视着四面八方，六只手不停地舞着，他始终是舞会的中心，良渚王似乎成了他的配角，这让良渚王心里有些失落。九黎族酋长的长相太奇特，这是吸引众人的关键，他嘴里还会喷火，那火却不会伤人，部落里的年轻人围着他转，有的人甚至放胆去摸摸他的手，那不是寻常人的手，坚硬如铁，没有温度，那手如果稍许用力，能使一块石头化为齑粉。

琪没有加入舞者的行列，他和四不像一起旁观，他不让四不像离开自己的身边半步，怕它出事。这种野性的舞蹈他也喜欢，从跳跃的火苗中，他看见了爷爷和父亲的面孔，他们隔火相望，爷爷慈祥，父亲冷峻，他们在火光中用目光交流着。琪看到了他们脸上浮现的焦虑表情，那是一种悲伤与喜悦交错的表情，他们张开嘴在火中说话，可是琪什么也听不见。琪只是感到了危险的气息。

琪和四不像也曾跳过舞，那次是在森林中跳的，他们的观众是兽，百鸟齐鸣，万兽歌唱，他们一起载歌载舞，那是天籁般的音乐，是动物们的集体歌唱会，风为他们的舞蹈打着拍子，野雉在头顶上飞舞，它七彩的羽翼绽放开来，像一个打开的花冠。其实良渚大地上最早的舞蹈是从森林里演进而来的，琪第一次看见舞蹈就是跟着父亲到树林里看动物们跳舞，他不由自主地跟着跳。

后来他只要走进森林，就有跳舞的冲动。

没有参加跳舞的琪被九黎族酋长记住了，琪身边四不像的双瞳，让九黎族酋长吃惊不小，他在它的眼中看到了尊贵与威猛。如果他没猜错的话，这是一头上古神兽，说它是亿万年前人兽共存的先祖也不为过。九黎族酋长如获至宝，心一震，这只兽不是凡物，九黎族酋长打小就在寻找自己的同类，真是踏破铁鞋无觅处，得来全不费功夫，他终于在良渚大地看到了自己的同类，难怪如此亲切，估计四不像的能量不在他之下，甚至强过他的祖先。传说中的九黎族家族先祖就是一只神兽，他们经过了多年的进化后，变成现在这种人不像人、兽不像兽的模样，他们家族人的血不像人类一样是红色的，因此一直被人类排除在外，他们找不到自己家族的祖茔，他们所在的部落无处祭祀自己的祖先，也没有神坛。在良渚，九黎族酋长看见了神坛，遇见了自己的同类，这是他来此地最大的收获。

九黎族酋长一直在观察这一人一兽。是什么样的定力让他们心如止水，不为外界的一切所动？真正的王者都是以静制动，不为任何外物所动。

九黎族酋长在临走前提出要看一眼良渚国的玉琮，这时候，琪和四不像开始动了。

晴天丽日，良渚王引着九黎族酋长，身后跟着琪和四不像，他们虔诚地走向祭坛。美轮美奂的玉琮被请到祭坛的最高处，良渚王遥望玉琮，如魂灵附体，他走向神坛，做好了向天祈祷的准备。他双手举过头顶，接过燃好的三炷香，对天祭拜，然后又跳起良渚国特有的巫舞，口中念念有词，只有琪能听得懂。舞毕，良渚王走下祭台，把九黎族酋长请上高台，观看良渚大巫师珣的杰作——玉琮。九黎族酋长与玉琮对视的第一眼，便全身血脉偾张，仿佛被天雷击中，石塑一般无法动弹。那是一块通体翠绿的玉，在他的眼前流动成一条翡翠色的绿河，他确信这条绿色的河是他母族部落河流的一条支流，那头系着母亲的部落，这头牵起了九黎族部落，维系着他的生命。这块玉，也许是母系氏族留给他最珍贵的礼物，以这样的形式出现在他的眼前。

三

在良渚国的周围，曾经有过许多的部落，一代代酋长在这里生儿育女，狩猎捕鱼，生生不息。九黎族部落的族人肯定也曾在这里生活过，不过后来被其他部落驱逐到了更远的地方，不能与祖先们在一起生活。这中间到底发生过多少故事，九黎族酋长为什么会长成人兽不分的模样，这些事没有人告诉过他。

九黎族酋长从来没有跪过谁，但在见到玉琮的一刹那，他六只眼里流出了泪水，扑通一声跪向这玉琮，如同跪向母亲。在这块玉面前，他找到了母亲的族人——那只四不像上古神兽，也是九黎族家族的祖先。

九黎族酋长哑了，傻了，他久久凝望玉琮，再望望四不像，这一兽一物如此相像，都是双瞳，大大的头，像鸟一样的爪子，特别是四不像坚挺的四肢，像这个人兽难分的玉琮托起的手臂，它们像孪生的兄弟，或者就是，这玉琮被大巫师珣赋予了灵魂。九黎族酋长与四不像凝望的场景尽收良渚王和琪的眼底，没想到这个叱咤风云的战神竟然有如此阴柔的一面。

对，九黎族酋长觉得四不像就是自己在这尘世间的亲人，它也是母亲的孩子，流落到良渚大地上苟活于世。九黎族酋长再次确认了四不像的身份，心中坦然。原来这里也曾是他的故乡，他是不知何故从这片大地上走丢的孩子，这世间造化弄人，不知道什么样的因缘际会，让他变成了三分像人七分像兽的模样。罢了，既然来了，就无需再离开了，且把这里当成自己的故乡，四不像在此，他就在此，他要和九黎族家族的祖先共度余生。或者把四不像带回自己的部落去，也算是让它落叶归根。

九黎族酋长庆幸自己进城后没有开杀戒，动武力征服良渚，否则后果不堪设想。此刻，他满足地闭上眼睛，泪水从面颊上流过，湿润且温暖。九黎族酋长感到奇怪的是：他搜遍所有的记忆，从来没记得自己淌过眼泪，他以为自己天生没有眼泪，没想到见到四不像后，眼泪止都止不住，像是丢了三魂七魄。

良渚王对九黎族酋长的表现感到匪夷所思，传闻中的九黎族酋长凶神恶煞，怎么可能如此感性？而且长相和态度之间的反差有点大啊。

九黎族酋长提出要摸一下玉琮的要求，良渚王有些担心，但也怕拒绝他引起不快，犹豫片刻后还是答应了他的要求。按理说，这要求也不为过，宝物谁都会爱不释手，更何况是九黎族酋长，他跋山涉水远道而来，只是看一眼这宝物，岂能不让他称心如意。良渚王小心地将玉琮从祭台上捧下来，在递给九黎族酋长的时候，他的一双手怎么也不想松开，他怕九黎族酋长拿不稳掉在地上摔坏了，更怕九黎族酋长拿到手上据为己有。如果九黎族酋长靠他的神力夺走玉琮，在场的所有人没有一个是他的对手，血流成河的场面将会上演。

良渚王担忧的事情就在瞬间来临。当九黎族酋长的手指尖碰到玉琮的一刹那，他神魂震颤，全身的血似乎突然涌进脑子里。将玉琮占为己有的念头石破天惊般触动了他的灵魂，甚至有那么一刻，他认为玉琮一直在良渚等他，引领他回到故乡，带着他认祖归宗。

悲剧在那一刹那就已经注定，祸起玉琮，没有任何伏笔。

九黎族酋长手上使了一把劲，玉琮就轻轻地从良渚王手中滑到了他手上。九黎族酋长想，此时不抢，更待何时？这一切发生得太过突然，在双方都没有意识到的情况下，玉琮就这么被九黎族酋长收入囊中。对九黎族酋长的到来，他率领部落里的人以礼相待，好吃好喝招待，九黎族酋长怎么能这样对他，也太不够意思了。但九黎族酋长可没这么想，他和玉琮、四不像一见如故，认为好东西就要共享，怎么能让良渚王一人独享呢，况且他和玉琮的渊源又岂是良渚国的人能懂得的？

九黎族酋长坚持要把玉琮带回自己的部落，而且他还要求把四不像也带走。如果良渚王不答应，那就一战定输赢。拿到玉琮后，九黎族酋长在良渚城外扎寨住下。

九黎族酋长知道自己会赢，良渚王知道自己肯定会输，不战而屈人之兵良渚王也做不到，最好的办法是讲和。玉琮已经落在九黎族酋长手中，怎么才能要回来？只能派现在的大巫师琪上阵了。

琪带着四不像去九黎族酋长住的地方谈判。九黎族酋长得知琪和四不像要来，很是兴奋，他想，只要能把这一人一兽搞定，良渚国的任何事都不在话下，一切都是水到渠成。

琪在去九黎族酋长临时驻地的前一夜和良渚王商量了大半夜，然后根据良渚王的想法制定了灭掉九黎族酋长的详细方法。由琪和四不像进驻地假装和谈，先稳住九黎族酋长，然后良渚国武士们在外围解决掉九黎族守卫，最后杀掉九黎族酋长夺回玉琮。

九黎族酋长同样也考虑了大半夜，确定了自己的目标，良渚国必须以一人一兽换得整个王城的安宁。

次日，旭日东升时，琪和四不像从良渚王的宫殿出发，一人一兽行走在黄尘飞舞的小路上。九黎族酋长像对待亲人一样，把这一人一兽迎进驻地，九黎族酋长直奔主题说，希望琪带着四不像跟他回北方部落，说四不像就是他的族人，他来接四不像认祖归宗是理所应当的事。而琪认为四不像是爷爷留给他的，是护佑良渚国这方大地的神兽，怎么可能跟着九黎族酋长去北方？结果他们谁也说服不了谁，谈判就这样陷入了僵局。九黎族酋长最后哀求琪带着四不像跟他去北方，他保证交出玉琮，给良渚王一个交代，否则他就是血洗良渚国也要夺走琪和四不像。

琪拒绝了。他不得不拒绝，他在这里出生成长，爷爷璟和父亲珦魂魄未散，冥冥之中，他有责任为这方大地的子民守护好家园，否则对不起爷爷和父亲的养育之恩，对不起族人对巫师家族的厚望。父辈嘱托于他，将先天二经融合在一起，造福苍生的愿望还没实现。

琪说了，就算九黎族酋长说的这一切是真的，他和四不像也不能离开这个血脉之地。九黎族酋长感到很郁闷，不过也没敢把琪和四不像怎么样，放走了他们，但留下了玉琮。

琪与九黎族酋长的谈判内容没有人知道，良渚王以为九黎族酋长让步了。琪觉得这是他和九黎族酋长之间的秘密，一个只与他和四不像有关的秘密，不足为外人道也。琪通过与九黎族酋长的交谈才知道玉琮和四不像同为一体，带走玉琮对九黎族酋长来说一点用处都没有，只有得到四不像，让玉琮和四不像合为一体，才能得天下。可是九黎族酋长不愿意以武力得到他们。在见到四不像与琪的时候，他才知道母亲的意义，一个从来没有眼泪的兽人，一旦找到母亲家族的人，如同回到了故乡，良渚这片圣地，有可能就是他的故乡。玉琮对九黎族酋长而言不过是身外之外，反而见了四不像和琪后，如同见到母亲。他多想抱着四不像痛哭一场，把一生的耻辱与疼痛发泄出来。琪，这个年轻的大巫师，一定是他这辈子的亲兄弟，四不像就是活着的母神，它存在的价值与一座良渚王城相当。哪怕他死去，也不能伤害母亲家族的任何一个人。

一个不知道母亲容貌的孩子，是悲伤而绝望的。所幸他遇见了母亲家族的人，此生再无遗憾。

可是琪和四不像如同孪生子，他们早已血脉相连，怎么能被拆散？九黎族酋长对琪还是尊重的。对于自己母族中的血亲，他爱都来不及，怎么会伤害这一人一兽一分一毫？

九黎族酋长在良渚附近又待了三天，他知道自己的目标比天上的星星还要遥远，注定不可能实现，便在第四天清晨带着玉琮来到良渚王的宫殿。九黎族酋长和良渚王单独长谈了一次，这是一次秘密会谈。九黎族酋长的谈话要点如下：其一，他来归还玉琮，他的部落将护卫玉琮永存良渚大地；其二，九黎族部落与良渚国互为兄弟永不开战，他将护国神符的一半留在良渚，以为盟誓；其三，十月之朔日将有"天狗"食日，此为大凶，琮王若心系子民，当将王位禅让于大巫师琪，以免良渚王国遭遇灭顶之灾。良渚王颤抖地接过玉琮，愣怔了半晌，看着九黎族酋长的六个眼珠，良久才说出一句话："若当日果真如你所言，'天狗'食日，我定将王位禅让于琪。"关于"天狗"食日，良渚部落的先祖们有过传言，此不祥之兆为上天对君王的惩戒，恶神降临，王者易位方能救万民于水火。

九黎族酋长是抹着眼泪离开良渚国的土地的。此生他没有见过生身父母，从小到大就是孤儿，没喝过母亲的乳汁，不知道父母的长相。他长大后听部落里的老酋长讲，族人是用狼奶把他奶大的，他的长相半人半兽，没有一个有奶的娘敢给他喂奶。因为孤独，他把自己柔软的心藏起来，变成了一个嗜血的魔兽，他从内心与普通意义上的人划清了界限，但他又不得不依赖着人的族群长大。他与人总是若即若离。他长大后有双重性格，一半是天使，一半是魔鬼。

九黎族酋长离开良渚国之后，一直不断征战，打了许多的胜仗，但他始终没有攻打过良渚国，因为那里有他的亲人琪和四不像，他最大的希望是消灭所有的部落，一统天下，让兄弟琪来做国王。可惜他没有等到这一天，在一次残酷的战争中，他伤口感染，命丧黄泉，一代枭雄陨落。据说他死不瞑目，六眼圆睁，朝着良渚部落的方向倒下。九黎族部落从此消失，但并非真正消失，九黎族酋长在临死前让族人投奔良渚王，也就是后来的琪王。琪在后来能平定天下，九黎族酋长功不可没，他那么多年的征战，且留给琪一支坚强的队伍，为琪后来成王铺好了路。

四

玉琮回归祭台，良渚大地重回宁静。

自从九黎族酋长离开良渚国，琮王便不再举行任何祭祀活动，他算了一下日子，离十月朔日也不过两个季节，他将摘下王冠离开这座宫殿，藏身于民。

琪是幸运的，在不费一兵一卒的情况下，顺利成为良渚王，民心所向。他凝神屏气着手完成爷爷与父亲的遗愿，将《连山》《归藏》二经融会贯通，创造出一部新的经书，造福这个世界。但琪王并非两耳不闻窗外事，他始终很警醒，天下不可能太平，为了利益，有多少人对土地肥沃的良渚虎视眈眈。

战争随时会到来，所以他需要制造更多的武器捍卫自己的子民。还要有防御措施及大量的食物，仅靠打猎不可能解决温饱问题，他需要开疆拓土，寻找更多的食物。他让族人把在山上捕来的野鸡、野牛、野羊、野猪等带回来圈养起来，这相当于一个活的粮仓。山上的野果树苗也移植到了山下培植，竟然长出了一片果林。他们还采摘了各种野菜。族人们开始在山下的平原上开荒种植，把收下来的种子保存下来，到来年继续播种，谷子就越来越多，堆了好大一间房子。

为了获得父亲的护佑，琪为父亲珣迁墓，并追封他为良渚先王。琪亲自在祭坛上作法，为父亲招魂。他感觉父亲并未走远，一直在他身边保佑他，保佑良渚国的子民们。琪也一直思念着爷爷，苍茫大地，爷爷到底去了哪里？活不见人，死不见尸，他只知道爷爷往昆仑山方向去了。琪给爷爷立了个衣冠冢，让后辈人记住家族里的这位神巫。琪的潜意识里觉得爷爷还在人世，因为爷爷不是一般的人，他是人类的先知，是神灵，说不定哪一天他会出现在自己面前。琪经常梦见爷爷和他说话，感觉和现实中一模一样，在他醒来后，他能嗅到爷爷身上的气息在飘，只要琪想他，他就会出现在脑子里，以他看不见的形式出现。

琪王经常带着威武的四不像去荒野寻找内心的力量。琪王不想做一个待在宫殿里享福的王者，他要用自己的脚步丈量良渚大地，他要率领良渚子民开疆拓土，为子孙后代建立一个繁盛的良渚王国。

在荒野，遍地的芒草伸向远方，琪王在草间行走，锋利的叶片把他的手臂划出一道道血痕，不算疼，却痒痒的。四不像闻到琪身上的血腥味，双耳挺立如锥，双眼瞪得如铜铃大。它有好久没闻到血腥味了，这是一种久违的味道。芒草如此坚韧，如果把芒草和黄泥用水调和在一起会不会变成坚固的泥块？琪想，如果用它来砌墙建房子肯定很结实，部落里的婴儿经常被狼叼走，如果用这种坚固的草泥把部落里的房子围起来，就可以挡住狼的袭击，还可以防水患。每逢雨季，部落里多少房子被淹掉，刚学步的孩子常常不小心被大水冲走。洪水猛于虎，吞噬了多少人的命。

琪王决定带领部落里的壮劳力去山林里砍树和竹子，搬运石头，女人和孩子则去山谷间采集芒草。

这么多的东西仅靠人肩担背扛很难运到部落里去，琪王想到了一个好办法，从水上运送。良渚是泽国，水网密布。他突然想起祖辈们在海上打鱼为生时用的那种筏子。对，用竹子做成竹筏，就可以把石头、树木和芒草运到部落里去，那样就可以节省许多的人力和时间。

堆积如山的芒草运到部落里，女人们和有能力的孩子们把黄泥和上水，再摊到芒草上，做成一个个草泥包，再用草绳包裹成方块，外面用竹条捆扎紧。琪王为了巩固王城的地基，留下了长六千多米，宽六十米左右的通道。工匠们在这里采集石头，但不是砸石头，而是沿着山石上的裂纹，让上万块石头从山上滚下来，然后再装到山脚下溪边的竹筏上运走。每个竹筏由二十来根竹子组成，上面可以坐好几个人，他们每天的工作量很大，一天要运九个多小时。

　　良渚王国后来的城池就是这么造出来的，像蚂蚁搬家一样，每天搬一点，日积月累，聚沙成塔，一点点把城墙垒了起来。城墙把洪水挡在外面，人们不再受野兽侵扰。可是这也不是长久之计，草泥墙被水泡久了，还是会倒掉，得把水引到湖塘里去，可以用于种植灌溉，还可以在种植的田边打井蓄水。

　　开始的城池规模很小，人口并不算多，但是总算平稳下来了。

　　民以食为天。王城的子民越来越多，没有更多的粮食就活不下去。当良渚王城发展到两万多人口的时候，每天消耗的稻谷达到两万斤之多，这还不包括肉类的消耗。所以不仅是种植那么简单，还要储备更多的粮食。否则遇上饥荒等灾难，一城的人就没命了。琪王陷入了沉思，不知道如何是好。他这一辈子的使命就是不能让一个人饿着，不要发生战争。从部落到王城的变迁，良渚国走了很长的路，像一串在一根线上的珠子，不能断，聚在一起很重要。

　　王城里制玉的手艺人越来越多，打造玉器的工具越来越精细。制玉的工匠们并不佩戴玉器，他们长年累月的雕琢，改变了良渚王城的面貌，几乎每个人都拥有了玉饰，成堆的石头从山上运过来，匠人们把精力全用在打造玉器上。

良渚人在解决了温饱之后，对玉饰的追求之风就这样悄悄席卷了整个良渚王国，大家争相效仿，每个人都希望拥有更多的玉器，以此为身份与财富的象征。年轻的姑娘们头戴玉冠，胸前挂着玉璜，手腕上戴着玉镯，头发上插着玉梳。她们在晴天丽日下与同样佩戴玉器的少年手挽着手，登上竹筏或小舟，泛舟湖上，在几公里的河道上谈情说爱。美少年的腰间别着玉钺，怀里揣着一块玉璧，表现得孔武有力，青山绿水为他们做证。蓝天白云倒映在湖面上，分不清天上和人间。那时的良渚国，像这样的装束，几乎是每个人的标配。清风徐来，身上的玉佩叮当响，引人遐想。

从太阳升起，到太阳落下，一对对年轻人在满天星斗的见证下携手归家。这样的场景是良渚王国繁盛时期的和谐图景。整个良渚王国，国泰民安，五谷丰登，人畜兴旺，万家欢笑。

第九章　天灾人祸

一

　　一场盛大的祭祀是在王城内外发生生死危机的时候开始的。

　　出事前内城和外城还是有征兆的，特别是外城。圈养的鸡、猪异常兴奋，袅袅炊烟在泥墙茅草屋前飘散，不知道是大地上的哪一处开关触动了它们敏感的神经。鸡在草笼里撞击，羽毛乱飞。猪的叫声不再柔和，是从獠牙里挤出来的，能在空气里擦出火花来的那种尖锐声。在酸枣树枝间，鸟巢里的雏鸟不安地爬向窝的边缘，在等待鸟妈妈回来搭救它们。正是黄昏时分，天空艳红如血，把人们的脸照成酡红色，像喝醉了酒。远处的湖面泛起阵阵波光，湖底似乎有一只水兽，欲把一湖的水掀翻。

　　动物们最先的骚动并没有影响内城的手工作坊和王宫，没有人意识到一场天灾即将来临。没过多久，一场狂风袭击了外城，茅草屋顶子被狂风一把抓向半空，屋子里的人还没反应过来，那乌黑的罡风疾速舞向远处的原野，饱熟的稻子被刮上了天。

　　外城的鸡挣破笼子飞了，猪冲破了木栅栏，晕头转向往外逃的时候，有好些掉进了水沟里，摔得半死。

　　等内城的人发现外城的骚动时，整个外城已一片狼藉，人畜死伤无数，哀鸿遍野。

　　狂风所到之处，天色顿时暗淡下来，族人们突然感到了死亡的威胁，有的人在家中点燃了火把，没想到大风掀起了一家的茅草屋，火把被大风卷上了天空。这个火把竟然落到了良渚城巨大的粮仓里。

　　一时间粮仓燃起浓烟，整座粮仓很快就被火焰吞没了，良渚人辛辛苦苦积攒起来的粮食转眼间就成了一堆黑色的谷粒。

　　火势未灭，大雨便接踵而至。不足两个时辰，整个外城失守。大水涌向内城，原野上的狂风又杀了个回马枪，裹挟着暴雨冲向城内，豪雨倾盆而下，冲垮了良渚人辛辛苦苦修筑的防水堤坝，洪水围城。

　　哭声被风雨声吞没，外城人还没能从伤痛中爬起来，风雨又逼向内城，内外夹攻，人们仓皇向背倚王城的后山逃去，只有那里是相对安全的藏身之所。

此时，琪还不是良渚王。在天怒人怨的时候，琪并不在王城里，它和四不像正在荒野问天占卜。在天灾到来的三天前，他寝食难安，眼皮跳个不歇，周身滚烫，噩梦连连。梦里，爷爷深情地凝视着他，眼里布满血丝，满脸的焦虑。爷爷在他耳边窃窃私语，可是他什么也没听见，他被梦魇压住了感官，像是在云雾里飘，无法开口，更听不到任何声音。琪不知道在虚空里飘了多久，什么也不记得了。

爷爷的魂灵从昆仑山而来，冒着魂飞魄散的危险，来给孙子琪送信，他要告诉孙子琪，一场百年不遇的天灾就要降临，得赶紧让良渚的子民躲避灾祸，离开这片土地，一直往北迁徙。

从琪记事起，外城就有了堤坝，无一处倒塌，都是一代代族人们从溪上运来石头垒起来的，坚固得很。

大巫师珣那一辈人殚精竭虑，用无数生命的血和汗建造了这座城邦，没想到这座城挡住了猛兽的进攻，却没能抵挡住洪水的侵袭。外城已经被毁了，内城也是岌岌可危。

琪和四不像赶回王城时，房子、动物、农具全部漂在水上，只有住在高处的两三户人家的房子没被淹。

猪、鸡、牛、羊等几乎都被洪水吞没，还有粮仓里那么多的稻谷、粟，够全城人吃一年的粮食，转眼间全都成了泡影。

没人记得洪水是什么时候退去的，一群衣衫褴褛的人逃出生天后栖身在王城的后山上过着饥寒交迫的日子。他们采光了树上的野果子，最后连树皮也剥下来啃。人畜尸体的恶臭四处飘散，久久不散，一场瘟疫正在悄悄逼近，更是雪上加霜。年轻人还能支撑，死于瘟疫的老人和孩子越来越多，多得来不及掩埋，一具一具尸体横在人们的眼前。还有点力气的工匠们埋着头，挖着深坑把他们并排在一起埋葬了，亲人们到另外一个世界也算是大团圆。

暂时躲在山上也不是长久之计，族里年长些的巫师归天了，就直接架火烧了，送他们的灵魂回归九霄。有些孩子已经饿得奄奄一息，年轻的男人们磨尖了石头去山里寻找活物，他们有许多年不靠打猎为生了，难免有些生疏。良渚王下过令，不许猎杀动物，尤其是对怀孕的母兽，更不能下手，否则森林里的动物会绝种，但这时候，已经顾不上这些了。

二

琪是在山垭口发现麋鹿一家三口的，温暖的场景很像一幅画。山林寂静，天上有大片乌云飞涌到山顶，凉飕飕的。当时它们一家正在那里悠闲地吃草，母鹿的眼睛盯着小鹿看，满满的慈爱，它们夫妇从很远的地方逃亡到良渚国不久后生下了小鹿。

琪看到这和谐的一家子，像人类的家庭一样，让他想起离世多年的母亲，离开他不久的父亲和爷爷，如果他们还在世的话，他就不会如此孤单。面对这一家三口，琪开始恍惚，肚子里突然"咕咚"了一下，是饿的声音，他记不得自己什么时候吃过食物，早已饿得前胸贴后背。

麋鹿一家如神灵般出现，此时在琪的眼里，它们也是果腹的食物，他眼睛发直，不知道如何是好，是猎杀它们，还是放它们一条生路？正在他犹豫的片刻间，有几个背着弓的人瞄准了麋鹿一家。鹿父母闻到人的气息，嘴巴里还叼着几根草，动作却停了下来，它们忘记了咀嚼，警惕地看向四周，小鹿也停止了吃草。一支竹箭射向它们，三只鹿儿一惊，腾空跃起，嘶鸣着扭转身子冲向山崖。

几个人去追，追到山下的洪水边，麋鹿一家突然消失。一群人站在水边，看着滔滔而去的水流，在那发痴。麋鹿们去哪了，只有天知道。

此时，天空中响起一阵惊雷，狂风大作，乌云在头顶上翻卷，天边闪过一道道耀眼的白光，大雨如注。前方陡峭的岩壁上，有几道瀑布冲下来，卷起阵阵白雾，山上的水与山下的洪水汇聚在一起，苍茫一片。

琪赤裸着上身，乌黑的长发用一根草绳束起，站在山崖上望向茫茫水域，心陡然间被抽空，围在腰上的虎皮短裙湿透了。这是他有生以来遇到过的最大的灾难，以前听爷爷和父亲说过部落里发过大水，但远没有这次严重，那时候他刚出生十个月，不知道世上发生了什么。

琪只记得天空是赤色的，与往日迥然不同，父亲抱着他四处狂奔，他在颠簸中，嘴里不敢发出任何声响。但今天的情形好像更加险峻。

山上的人已经猎不到动物，受山下洪水的影响，动物们也都逃之夭夭，所有生命都会对凶猛的洪水产生恐惧。

狩猎者是攀着山崖上的一根枯藤爬上山顶的，洪水淹没了所有的路，水不退去，他们也无法下山。

一只黄羊逃到半山腰的岩壁上，进退失据，在那东张西望。琪反应灵敏，解开腰间的绳索打个活扣，抓住一根树枝把身体往下探，一挥手，那绳圈牢牢地套住了黄羊的脖子，他奋力把黄羊拖过来，又将绳子绑在自己的腰上继续向上爬去。

到达山顶，有人以石取火，有人用石斧切割黄羊，放出来的血还是热的。琪像往常一样，得到猎物总是把好的分给族人，他先把热血献给了几位年长的族人，肉分给了年轻人，内脏给了女人和孩子，羊头留给了自己。这似乎是族里一直以来的规矩，每一个巫师都会摸骨算命，动物的头骨不知道从什么时候开始成为历代巫师们练习巫术的法器。头上的七窍连天接地，是灵魂升天的洞府，犹如天上的北斗七星，总能给人带来启示。

每个人分得的一点肉还不够塞牙缝，但大家很知足。好久闻不到荤腥味了，能有这么一块肉已是天赐。面对面黄肌瘦的族人，琪止不住流泪，捧在手里的羊头都冷了，他还是没吃。那个眼睛瞪得老大的孩子，身上只剩下一层皮，一直盯着他手里的羊头，饥饿写在孩子的脸上。琪将羊头给了这孩子，转身离开。四不像眼中流动着哀伤，一步一回头地跟着琪。

一个苍老的声音刺向苍穹："苍天啊，到底是谁冒犯了水神娘娘？是谁？请饶恕我们的错……都是我们的罪……"

望天喊话的老者，瘦成人干，瞪着死鱼一样的眼睛。

173

一阵风把他的呐喊卷上天空。

天空不语，从天边滚过大片的乌云，聚拢在良渚国的上空，如一座寸草不生的大山，压在良渚人的头顶上。

良渚王害怕了，莫不是良渚人真的冒犯了水神娘娘？在洪水围城的时候，房子和粮食保不住也就罢了，祭台上的那根神柱为什么也倒了呢？有人看见那根神柱是被雷劈倒的。

也不知道从哪一年起，王城的人越来越多，都是奔着玉石来的，特别是从北方来的谋生的手艺人，他们都会打造石器，他们背着北方的小米来到南方，讲一口北方话，在良渚国的大地上生儿育女，过着春风得意的日子。

他们还带来了烈酒，每天收工后，北方人聚集在一起，生火烤全羊和猪，把整个内城弄得乌烟瘴气。烤肉的香味飘进王的宫殿，连王子和公主都被吸引过去，参加他们的聚会。谁不爱美味呢？

北方的一个英俊的年轻人就是在烤肉聚会上和王宫里的公主擦出火花的。他们的眼神随着火光的跳动而跳动，最后他们离开人群，到外城的稻田里发生了爱情故事，直到公主的肚子隆起，这件事才浮出水面。

"一定是他们触怒了天神，带来了天灾，这群该死的北方佬，一定是北方人冒犯了水神娘娘，让她哭了，她

174

的眼泪变成了滔滔洪水，淹没了良渚国……"

愤怒的声音像决了堤的洪水，在良渚国横冲直撞。

那些吃小米的北方人一定是妖人，冲撞了水神娘娘，应该把他们抓起来投进水里，向水神娘娘祭祀赔罪。都是这些北方佬到南方来搞事，用良渚国的燧石打造了太多的精美玉器，雕刻了几十吨的巨大神兽像，卖给良渚的年轻人。更可恶的是，他们还用雕刻出来的玉梳诱惑了良渚最美丽的公主，良渚国的高贵血统，岂能容妖人污染？

在民众的呼声下，良渚王犹豫再三，还是决定把"罪魁祸首"的北方人全部抓起来，连同老人和刚生下的孩子在内，拢共两千多人，让他们终生为良渚人的奴，做最苦的差事，永世不得与良渚国的女人通婚。

琪在内心不赞同良渚王的这个做法，但他能理解一个王者的良苦用心，在滔滔的民意之下，王者需要的是民心一致，人心若是散了，良渚国就失去了光辉。

洪水慢慢退去，大地上狼藉一片，房子的泥墙烂成一堆泥，溪边留下大量动物的死尸，还有在泥滩上蠕动的螺、蚌、鳖、草鱼、草龟等，所幸它们是水生动物，才苟活了下来，那些靠土和山林而活的动物、植物就没这么幸运了，差不多全军覆没。

人们从后山走向一片狼藉，父牵儿，儿牵娘，老老少少搀扶在一起回到曾经的家园、现在的荒地，从泥污中捡拾农具，开挖新的壕沟，围田耕种，善后工作也不是一件简单的事情。

一年很快过去，总算有了收成，勉强果腹，但没有余粮。如果再来一次洪灾，人差不多要灭种了。

包括王公大臣在内，所有的人全部投入了重建家园的劳动，除了耕种，要用工匠的地方太多了，他们整日整夜无法休息，困了就坐在地上打个盹。特别是被罚为阶下囚的北方佬，他们没日没夜地干活，有的人硬是活生生给累死了。没有人同情他们，甚至认为他们活该。

北方人终日劳作，连累带饿，有一半人死了。对那些病得不行、无法干活的人，其他人把他们直接扔到荒野，任野狗撕咬去。

琪以大巫师的身份在山顶上面对苍天，默默为北方人的亡灵做祈祷，希望他们死后灵魂得以安息，不再受到煎熬。

琪劝说良渚王不要再责罚北方人，一场洪灾已经让良渚国元气大伤，需要更多生命力量去重建家园，更重要的是要重建一个更高级别的防水系统，才能永葆良渚国的安定。

三

一场突如其来的火灾加上水灾让良渚王如大梦初醒，一城人的性命握在他手上啊。

为了杜绝水灾，良渚王开始谋划在原址上建一座更大的城，一座永不被水淹、火烧的王城，让良渚人过上真正的好日子，做到人人有衣穿，有田种，稻谷满仓，瓜果飘香，人畜皆安。这才算得上是理想国。

王城需要建一座能存放上万斤谷子的粮仓，不能像上次那样让火烧了，被水淹了。不能再让"城门失火，殃及池鱼"这种事在良渚发生。

琪把族里的匠人们全部召集在一起，商量重建家园的大计，建房子好办，有材料就能做到，但要有规划就要花点心思，特别是城内不能没有水，有水就得有堤岸与蓄水的坝，建城和建水坝这两项工程必须交叉进行，才能完成这个大业。说起来容易，做起来千难万难。

首先，建城要用大量的石头做垫墙的基础，石头在很远的天目山。怎么运到良渚来？其次，需要大量的工具，比如锛、镞、镰、斧、钺、凿、砺石等，这些都是手艺人的必备工具，因为磨损特别大，需要大小不同的

177

规格。

大家七嘴八舌议论开了，木匠说，我们可以到树林里砍木头扎木筏，人可以坐在上面去天目山及更远的地方，木筏就是水上的路，只要有水，人想走多远就能走多远，更重要的是木筏可以用来运石头和木材。如果不从水路走，靠人力从山上背石头，这辈子都建不成一个城。最关键的是仅仅有房子还不够，还要建保护房子的城墙，否则房子还是有危险。

泥匠说，建堤坝比建房子的档次要高些，房子住几十年倒了可以重建，但堤坝至少要用几代人，如果洪水来了，堤坝一旦崩溃，再坚固的房子都会垮掉。堤坝决定了王城的安危，所以地基一定要垫高，以石为地基，石上铺垫木，再在垫木上竖立木板。房子要建在高台上，砌墙的黄泥里要加芒草，与泥混在一起做成草裹泥，这样的土用来打墙，有韧性，不容易坍掉。城墙要与周围的山相连，不仅长，而且要厚实，才经得起风雨的剥蚀，城墙的寿命少说也要达到一百年。

石匠说，建新城要用大量的石头，但靠人撬太吃力了，以石撬石省心省力。

琪说，好，要么不建，要建就建最好的，不惜一切代价去做。得精心计算好，房子要建多大的面积，分多少区域。墙要砌多宽，多长，要派匠人去量好。特别是城里的水路怎么规划，这是头等大事。有房子的地方就得有水路，有水路就得建码头，人以舟代步出行，向内城通向宫殿，向外城通向田野和山林。至少要有三重结构：外城、内城以及中央核心区，内城的王城要有宫殿区和墓葬区、仓储区、河道区、手工业作坊等。这个城要有水、陆两种门，内城与外城连接全靠水门，要建成一个真正的水城……

琪在祈求上天后得出了一套完整的水利规划，此后，琪就组织良渚国的精壮劳力开始了城邦的加固工作和水利工程。

在琪的规划里，还要建大墓，良渚人希望和祖辈生生世世在一起，不能因为他们的离世而分开，所有的祖先们会赋予后辈力量。他们和先人之间的关系，只是一个在地上住着，一个在地下住着，他们的魂魄从来都不会消失。建墓的规格，从某种意义上来说要更加宏大，要比王的宫殿还要气派。墓里有历代的酋长，有女人和孩子，还要有大量的陪葬品。墓地要朝南方的朱雀位，地势一定要高，不能让水淹了先人的骸骨，否则对后代不吉。

这些点子都是琪经过深思熟虑想出来的，他心中已经有了一个草图。这城只要建在水的中央，就不怕洪水淹，不怕火烧。至于怎么建，他心里大致有了个底，接

179

下来就是要细化的问题，更要依赖无数的工匠来把他的
宏图实现。

　　琪找来了一张羊皮，按照内心的思路，把大家的想
法在羊皮上画出来，让自己心里有个数，然后再与工匠
们说出自己的想法，与大家磨合。

　　房子的后面和左右两面一定要建在高处，倚着大山，
可防飓风与洪水，亦能抵挡外来入侵者。前面要有陆路
与水路，有了路，即便发生灾难，人也能逃出去，进退
自如。

　　房子要建在高台上，每个建筑周围开挖水道，建房
与挖水道同时进行，那么多的石头要进城，当务之急需
先开挖出水沟，把天目山下的水引进城内的水沟里，运
石头的木筏才能自由通畅。

　　几张点线相交的羊皮缝合在一起，铺了整整一张石
桌，上面弯弯曲曲，勾勾点点，画着王城的宫殿、老百
姓的草房子、"回"形的水坝、羊肠小道、广袤田园。小
到鸡窝和猪圈，大到"品"字形的王城、墓葬宝地，还
有万米祭坛，都绘在了一张阔大的羊皮图纸上。最大的
亮点是八座水城门，一座陆路城门。每面城墙设两座水
门，城墙多的地方，增加一道陆城门。在外城沼泽地多
的地方少设水门，防止外面的大水淹过来。整座城的水
路，与外城的湖、水塘连接。城里的废水从排水沟里排

到稻田里灌溉，城里的用水靠打深井，或者用过滤过的
干净水。由内向外的"三重城"图在琪的不眠不休下诞
生，他经常累得倒在四不像的脚边就能睡着。

琪甚至觉得，自己绘制出来的这张图，像天上的星
图，一笔一画都有他的魂在里面，有他的情绪、表情，
更有良渚人的愿望。在这张辽阔的星图中，他想要描绘
的东西远不止这些，还有更远的地方，远方有茂密的树
林，林子里的有数不清的动物，林涧有溪水，水里有鱼。
春和景明，一切欣欣向荣。

琪陷入短暂的美好遐想中，一个激灵，他突然想到
还要解决一个最重要的问题，如果遇到干旱，湖塘干了，
内外城的人都要遭殃。怎么样才能把水储存起来防止干
旱呢？

琪召集工匠们开会，让更多的人一起来想把水留住
的法子。

时间又过去了几天，还是想不出结果。有一天，他
带着四不像离开了王城，去湖边走走。走到一个池塘边，
看到几个半大的孩子在塘里捉鱼，有几个胆子大的孩子
脱了衣服下水去摸鱼。他们用树枝从上游抽打水面，把
鱼往下游方向赶，有几个孩子在下游捞河泥，在水塘最
狭窄的地方筑起墙，然后在墙上开一个小口子，派一个
人在小口边蒙上渔网，上游被赶过来的鱼全掉进了网里。

琪突然茅塞顿开。困扰自己多日的难题在这一瞬间突然打开了一个口子，像在黑暗中的人突然看见了一束光。

从几个孩子捉鱼的过程中，琪想到了储存水的法子，在内外城不同的水道间，可以像孩子捉鱼时那样拦起土坝，坝上留口子，用木板拦住，可以进水，也可以出水，干旱的时候可以储存水，城里排出来的污水可以进入蓄水坝里二次过滤成干净水，重复使用。而且可以把水道设计成"回"字形，形成循环的水路，把房屋建在水坝边的高地上，不同的房屋和水坝从高向低建。也可以在蓄水坝里养鱼，如果是这样，人们不用走很远的地方就可以捕到鱼。良渚人都会捕鱼，如果没有捕鱼的本领，饥荒时全家人有可能饿死。

琪蹲在地上用树枝在青沙土上画圈，比羊皮纸上的范围更大，画出北边的高地，由高到低搭起内城、外城的框架，再沿着城墙与房子用树枝做成水道的模样，形成一个水网密布的内外城郭，在不同的水道上放一颗石子，定为码头，高处的水顺流而下，水上的小舟漂向外城。而到了低洼处的沼泽地带，水位没有了高低之分，在山谷之间筑起大坝，把水拦截，通向田园的地方与大坝连接，设置高高的闸门。如果逢旱季，这水坝里的水就可以流向田间，也可以从另一条水路流向外城，在不同的堤坝口开闸放水，水也能流进最高处的宫殿。

　　面对地上的一堆石头块和树枝，琪脑洞大开，一个天大的问题终于解决，他长吁一口气，豁然开朗，抬头望向蓝天，太阳正照在他的头顶上，晃得他有些睁不开眼。他才发现自己忙于这件事的时间太久，以至于忘记了吃东西，饿得两眼发花。

第十章　良渚新城

一

　　在大巫师琪的谋划下，良渚新城的设计草图递到了良渚王的手中。

　　在准备开工前，大巫师琪举行了一场盛大的祭祀活动，并把全部的工匠召集在一起，公布了自己的重大发现。等这场祭祀结束，就进入开工仪式。

　　良渚国，沼泽丛生，淤泥随处可"淘"，但它软绵绵、湿答答的，很容易垮塌。琪召集所有的女人和孩子去野外采集大量的芒草背回来，让没有手艺的人去沼泽里"淘"来淤泥，把芒草弄碎了撒进淤泥里，让力气大的男人赤脚站在泥里踩，让淤泥和碎芒草粘在一起。

　　天空下再次跳起欢快的舞蹈，踩泥的人打起号子，等把草泥踩实了，他们把草泥分成一块块，放到太阳底下晒干。

采石的人从天目山脚下起步，撬动山石，木筏在湖面上排了很远，等待着装运石头，他们日出而作，日落而归。石头源源不断地运进内城，用于先建的宫殿区。粗大的树从林子里运到内城，木桩削尖，插入泥中，顶部架着水平分布的横木。

所有的建筑以王城为中轴线，地基由高到低，向前延伸。王住的宫殿要在最高处，琪把它设计成"品"字形。为了保证王的宫殿百年不倒，琪费尽了心思。宫殿的大门口必须得有码头，方便王城里的人出行。这码头的位置怎么弄？琪颇费了琪一番心思。毕竟这里的河道比别处要宽些，码头太大了不好，太小了不够。

以石头作为地基，铺上灰粉和河沙，把草包泥垒成方块并排铺垫在地基上，周围再打上木桩保护，木桩顶部用卯榫结构。宫殿的墙不能马虎，为了增加强度，琪让工匠们从山上采来竹子分解后和泥拌在一起，再把拌好的泥块架到大火上烧，烧完后再打磨光滑平整。这样的墙体非常坚固。

王的宫殿的建造花了三年时间，用最好的石头、最粗的木料、泥包碎竹竿、烧出来的一块块墙砖筑成。整个良渚国的人都聚集到这里。那时正值秋收，田里的稻谷成熟了，都顾不上去收割。

一个王城，成也水，败也水。水能载舟，亦能覆舟。判断一座城市文明程度的高低，水利建设是最重要的元素。

对于良渚新城的水利，琪的计划是修建几座双层加宽的内外水坝，可以蓄水，也可以让小舟在里面行走，坝与坝之间有闸口，灌溉加泄洪，在地势最高处建粮仓，防止被水淹。

良渚水系统堪称人类杰作，其构思的精巧与构筑的坚固，如同神授一般。水坝堆筑前，首先在谷底地面上铺筑青膏泥混杂着淤泥制作的草包做基础，上面堆筑青粉土。然后在北侧的迎水面附近堆筑黄土制作的草包，内部间杂使用黄色散土，上面覆盖黄褐色土。

琪又吩咐木匠扎了许多木筏，从很远的山上运回来成千上万的石头，加固堤坝，如同给这个王城增加了天然的保护屏障。

王的宫殿建成时，外城的水坝、码头和护岸墙也造好了。一切按照琪的规划来建筑，建成了十一座水坝，从高到低，位于内城中央地带的坝最高，越往南边越低。高坝建于山和山之间的谷口，如凤山、雉山。低坝建在老虎山、鲤鱼山、狮子山、猴子山一带，把平原上的孤立小山连接了起来，足以抵挡百年难遇的洪水。这些坝也用于蓄水，从内城到外城，可以不用走路，只要从码头上解下缆绳，登上小船，就可以出门。蓄水满时，船可以沿山谷航行很远的路。

整个良渚的水利系统在古城北部和西北部形成面积约十三平方千米的储水面，蓄水量可达约六千万立方米。这十一座水坝的蓄水量加起来，相当于现在的四个西湖那么大，足可以防止干旱年份时缺水问题。整个水利系统功能齐全，有防洪、运输、用水、灌溉等多种功能。

王城落成之后吸引了其他部落的人来观看，他们个个称奇，都想把这些技术带回自己的部落，只是他们的部落太小了，没有人力、物力来做这么浩大的工程。琪在良渚人心中的威望越来越高时，王开始了当年的恐惧，他突然想起了琪的父亲珣在世的音容笑貌。这对父子太像了，琪长得和父亲一模一样，连说话的腔调都是相同的，以至于王有时候出现幻觉，分不清面前的到底是珣，还是琪。当年珣离世的情景，王睁眼闭眼都能看见。两代巫师，把智慧和青春献给了良渚大地，献给了王。

二

祭祀的大广场，用一层泥，一层河沙，掺杂泥土与石头颗粒筑成，这样筑起来的广场坚硬，经得起上万人的踩踏，且在下雨天不会太过泥泞，不会影响大型的祭祀活动。

琪随着匠人们来到天目山脚下，摇动手中铃铛时，感受到大山深处的律动和诡秘，山的威严不可侵犯。琪为什么要来到这里，因为在天目山脚下的部落淹死的人最多，几乎整个部落全部被淹。这里是暴雨中心之一，在夏季特别容易出现山洪，对地处下游平原的良渚人威胁很大，一旦山洪来临，插翅难逃。后来人们不再住在这里，这儿成了一处建房子取石头的地方。

天目山不知道有多少石头被运到良渚王城，石头采得多了，造成塌方，砸死了好些人。有人说一定是冒犯了山神。琪来这里忏悔，请山神饶过良渚人。但他也希望在山里能遇上一场狂风暴雨，好好洗涤一下自己的灵魂，让自己强大起来，这样才能护佑一方百姓。许多事都是在磨难中获得启示。比如他当年顿悟连山图是上古先天之经，寻常人岂能读懂它的奥义？琪想做个平凡的人，不再是巫师，也不用神识，只是良渚子民中的一个凡人。有了这样的寻常心，当他再凝视这大地上的山山水水、海阔浪涌时，大地一片宁静，山海皆平，曾经咆哮的大海变成了万顷良田，耸入云天的山脉变成了平地。原来，这连山图就是在这平凡的山川大地的裂变中演变而来的自然真经。人类需要以不变来应对天地间的万变，沧海桑田，天下方为太平。以平凡心对人对己才是真谛。

良渚水城的建成，奠基了良渚国的规模。这不仅仅是琪的贡献，还有成千上万的工匠的血汗，他们每天从天目山用木筏运石头，从早晨的太阳升起，到傍晚太阳落山，每天有九个小时在水路上行走。如果没有内外城"回"字形的水路交通，就没有良渚王城的出现。

水城门分布于四面城墙，每面城墙各两座，城内外河道经水门相连，构成内城水网与水路交通。城内外每隔一段距离打深井，既做生活用水，也能预防干旱。

整个良渚开始变得热火朝天，老天也似乎眷顾勤劳的良渚民众，一切风调雨顺，工程进度超出了所有人的预料。

整整三年时间，琪参与了所有的设计和建设，没日没夜地在内城与外城奔走，眼睛都熬烂了。每走到一处，都仿佛能看见死去人的眼睛在盯着他看，包括北方人的眼睛，特别是他们的孩子的眼睛，像天上的星星，发着清耀的光。这些孩子本无辜，都因他们的父母有太多欲望，连累了这些原本蓬勃的生命。

城邦一天天厚实强壮起来，城墙是从前的双倍厚，仿佛一个青少年经历了艰难的成长，终于长成了一个健壮的男子汉。堤坝共修建了十一座之多，绕城和穿城的水系分布均匀，良渚城仿佛一座世外桃源。

聪明的良渚人在兴修水利的时候留下了六百多个刻画符号，这些符号是留给良渚后代观察这座古城用的。良渚"消"而不"亡"，与成功的水利系统有很大的关系。以玉为王的良渚时代，如果玉是良渚人的DNA，那么水就是良渚人的图腾，如果没有内城、外城发达的水利系统，良渚的木筏和小舟就无法出城到天目山去运海量的石头，打造精美的玉器、兵器和大量的农具。

巨大的玉石制成的纺车轮子，美丽如云彩一般的丝绸和绢帛，在阳光下发出耀眼的光芒。良渚城略呈圆角长方形，正南北走向，总面积二百九十多万平方米。城墙底部铺垫石块作为基础，宽度四十至六十米，基础以上用较纯净的黄土堆筑。良渚国不仅有大巫师，还有军队、手工艺者、农民、商人等，是名副其实、等级森严的国家建制。

竣工后，琪主持了一次祭祀活动，他在新建立起来的祭祀台上隔空与逝者对话，告诉他们安心去另一个世界过新的生活。作为一名巫师，他虽然无法让逝者重返人间，但能与逝者的灵魂同频共振，感知他们的悲苦喜乐与执念。

三

在悠长的号角声中，琪跟随良渚王走向祭坛，直木桩上高悬着虎、豹、熊、鹿的头骨，祭坛下方有一块长长的青石板，摆放了良渚国的祭具，有玉璧、鼎、鬶、宽把杯、豆、双鼻壶、圈足罐等，基本都是土烧出来的陶器。每个器皿里都装了不同的东西，壶里装着美酒，陶罐里装着稻黍、酸枣、梅子，托盆里装有全羊、整猪、鸡和鱼等。

最大的陶罐里装着五色土。良渚国只有黄土，这五色土来之不易，是琪的爷爷在世时从四方大地上收集而来的。琪记得爷爷曾说过五色土的来处：红土来自南方，代表火；黑土出自北方，代表水；青色的土来自东方，代表木；西方的土为白色，那里是沙地，代表金；而良渚的土为黄色，在四种土的中央。

在代代巫师的眼里，水和土都有神性，是老天给的天物。一方水土养一方人，爷爷告诉琪，如果谁嫌弃水土的卑贱，那他就是自寻绝路，水土如父母，恩情大似天，没有人能离得开水土的滋养。

良渚王率领众人走向祭坛，他走到高高的祭台上把五色土陶罐捧下来，祭祀正式开始。

祭坛上的祭品堆得老高，孩子们的眼睛盯着祭品，他们长这么大从没看见过这么多东西，良渚国所有的好东西几乎全部积攒在了这里。

吃小米的北方人因为此前的一场水灾付出了生命的代价，琪虽然为他们做了祈祷，但内心还是疼痛的。如果真正探究这次水患的原因，其实北方人是为这场灾难背了黑锅。

水灾的发生是因为整个内外城的水利系统设计得不科学，一方面水道狭窄，另一方面，人口聚集导致内城生活用水和打造玉器所消耗的水量很大。北方人比较粗犷，常常将生活垃圾倒入水道中，严重阻碍了水的流通。更要命的是早期修筑的堤坝高度不够，故在暴雨来临之际，外面的洪水由外城冲进内城，而内城的水道受阻，不仅无法排涝，甚至出现了倒灌，内外夹攻，水灾就发生了。

良渚国死伤惨重，损失巨大，良渚王总要找替罪羊来排解民怨，北方人便是。这样的教训是用那么多人的鲜血换来的，必须祭告天地，祈求天神地母恕罪。

正午时，明晃晃的太阳照着祭台，女人们和孩子们站在外围，壮汉们在祭台前方分成两列，站在左手的一名壮汉出列，面无表情，抓起地上的那只红冠子雄鸡，走到那根高耸入天的直木前。

这根木桩取自森林里最粗壮的大树，像男人的生殖器，祭天时使用。这根木桩在良渚人心中是神圣不可侵犯的，是一根通天的神柱，黑色的木纹里有一股神秘的力量，看上一眼都令人神魂震颤。

祭坛能容纳上万人，除了祭祖，主要为观天象用。祭祀的日子里，良渚国的子民倾城而出，万人空巷。琪站在祭台前往前方望去，全是乌泱泱的人头，人们挤在这里，把广场围得水泄不通。

琪的精神开始恍惚，思绪里出现了一个黑色的旋涡，其中生出一股强大的力量，要把他的精气吸进去。他努力仰望天空，试图驱散这股力量。按理说，巫师内心的定力远比寻常人强大，从爷爷那里继承的《连山》《归藏》二经给了他很大的灵力，让他获得了与天地、人妖鬼神周旋的能力，只有他能与它们对话，不管对方用的是绵绵不绝的咒语，还是画出的符。

琪和别人不同，他后背上的连山图是爷爷在他很小的时候便用灵力植入的，他的思维与另一个世界连接。那图上的信息并不是空穴来风，而是山川河流、天上地下的万千气象。良渚国只不过是一个弹丸之地，在天地与海的尽头，是无边的黑暗，有着许多未知之谜。良渚人只是凡夫俗子，想要探索黑暗尽头的神秘之境，不知道要翻越多少山，蹚过多少河，比登天还难。只有巫师能通过先天获得的神识去预知，进入那个混沌的世界，去感受大地深处的律动，探索黑暗深处的诡秘。

琪拨开眼前的迷障，把思绪从旋涡中跳脱出来，他今天要主持良渚国有史以来最盛大的祭祀，良渚人捧出了所有的好物放在祭台前，祈求慈悲的水神娘娘饶恕他们所犯下的罪孽。

有罪该罚，有功该赏，这是天理法则。

第十一章　祭坛上的神石

一

琪大步登上祭坛，从胸口掏出一支鹿的腿骨制成的骨笛，这笛是爷爷的心爱之物，琪在梦里不知道多少回看见爷爷孤独地站在山巅吹这根笛子，百鸟围着他飞翔，群兽围着他弄舞。这是一根通灵的魔笛，成为爷爷与大自然接头的神器。琪闭起眼睛，默念着爷爷，把笛子横在唇边，用丹田之气开启笛孔，一声长长的脆音划破天空，前一秒还喧嚣的万人广场，顿时鸦雀无声。

吹响骨笛，是接引神灵到来的信号。琪对音乐无师自通，从小受爷爷的影响，喜欢乐器，那优美而苍凉的旋律他很早就铭刻在心。琪从小就把爷爷当成神，其原因也与爷爷怀中的这根骨笛有关，那笛，就是神一般的存在。骨笛在手，吹出来的声音能驱散满天的乌云，让悲伤变成欢愉。

笛音成为巫师施法的方法之一，用古老的乐音寻找天地之眼，触摸四时的脉搏，寻找风水的奇脉。良渚王在这片大泽国称王之后，他的视野越变越大，这点疆土对他来说真不算什么，他和巫师商量过，要到更远的地方去开疆拓土。大地如此辽阔，大江大河他还没有征服，万里江山还在沉睡中，他要通过自己的权力去征服这个世界。他需要智慧的巫师助力，以开辟更加宏伟的江山。

琪当然明白良渚王的心思，开疆拓土本来是一件好事，但需要得到神灵的护佑，而目的是为了造福天下苍生。琪在用自己的神识来判断良渚王的心愿是否能够得到实现。

以前琪带着四不像到荒野深处，吹骨笛给天地间的万物听，他对着动物吹，动物即刻翩翩起舞，神情欢愉。天地广阔，琪的笛声因此雄厚而辽阔，宁静且深沉。后来他才吹给人听，每个人的生命就在这笛声中沉沉浮浮，悲中带喜，喜中含悲，不知不觉，听音者的热泪会止不住夺眶而出，似乎沉积了很久，就在等待这一刻的到来。

琪开始进入忘我境界，天地万象凭他的肉眼并不能看到，但他能感受得到。巫师像一棵浑身长满翅膀的树，不仅能长在那里，还能随时飞翔，想到哪里去就能去。

可是，琪长到这么大，成为巫师家族的传人，从来没离开过良渚国，像一块不会说话的石头一样落在这里，这是他的命，不可违背。

琪艰难地走过去，对良渚王道，我的王，你看到没有，祭坛上的那块通灵之石今日黯然无光，我刚得到神授，要带着它去寻祖，否则今日的这场祭祀将难以达到护佑良渚的目的。说完琪就向那块放在祭坛高处的石头走去。

良渚王示意祭祀的司仪吹响暂停祭祀的号角，这也是常事，但凡祭祀，需要巫师在现场作法，确认是否可以进行正式祭祀，如果巫师需要重新择日，那就可以暂缓祭祀活动。

于是琪取下那枚神奇的石头，头也不回地走下了祭坛。

说起这块石头，来历十分奇特，有一回琪和四不像去荒山，遇到了它。那石奇丑，丑得有些悲壮，丑得轰轰烈烈。

琪把这丑石捧在手上，重量感从手心传到心尖，它身上沾满黄沙土，纹路有点像冰裂纹，粗细不均，毫无规律，多达数色，万象丛生的截面，似千山万壑。石身上坑坑洼洼，犹如在古战场被千军万马踏过一般，凹凸不平。

197

　　琪和这块石头一见如故，有似曾相识的感觉。时光交错，它在山中到底经历过什么，天崩地裂中，它被一股神奇的力量重塑过多少回？它呈椭圆形，古朴厚重，像崖洞里孤灯独守的高僧，参一世难以参透的禅机；像一盏黑暗中的宝莲灯，等待一双手去擦亮它；像老翁，身上披一件缀满各色补丁的百衲衣……它圆身子下面自然形成一个底座，同样不光洁，大大小小的洞密密麻麻布满全身。这块丑石，身上满布岁月风霜的鞭痕，在荒野中被天雷无数次击打过，它到底经历过多少的艰险，又是怎么躲过电闪雷鸣的？

　　琪瞪着它看，怎么也看不透它辛酸的身世，它也许会试图传递给他一些讯息，而另一些可能永远消失了。它会示意他什么呢？它是否会化身为一扇天窗，带着他的天问去往那一个未知的世界？

　　琪在向苍茫天宇发出微弱的求救信息时，更震惊于它命运的不可思议。琪相信和这块石头的机缘，来自上苍。

二

　　琪把它抱在怀里，像抱着一位远逝的亲人，有些眼

198

红心热，又像抚摸着一个初生的婴儿。他觉得它是祖辈
们冥冥中托付给他的，让他来决定它的命运，也决定良
渚人的命运。这是块天机石，别看它丑，但摸在手上滑
润，一层岁月的包浆记录着它的沧桑。

难道，祖辈们把自己的灵力与大智慧留在这块天机
石上，让后代的大巫师琪去参悟？

这块天机石的纹路十分复杂，它就是一个小宇宙，
在人类尚未知道它前世过往时出现在良渚大地上，并且
到了琪的手上。明明生在荒野中，却靠在四海八荒中获
得的内力养出满身的包浆。

天机石知道良渚国的前生今世。它其实并不丑，它
来自另外一个世界，只有那个世界的自然本真之美。它
不在五行中，没有欲望。

琪从天机石身上参悟到"欲望"一词对良渚人的戕
害。如果不去开采那么多的山，动用那么多的人去打造
精美的玉器，今天的良渚城就是一片净土，就不会产生
那么多的垃圾。太多的欲望败坏了良渚国的淳朴之风，
年轻人过度追求美丽的饰品，也因此把王的心迷惑了。
一切冒犯上苍的行为，都要受到天道的惩罚。

琪把这块天机石供在家中的神位上，每逢祭祀日，
他就把它请到祭坛上去，和它对话。多少年来，它身上
的纹路变得越来越奇隽，身上渐渐幻化出数不清的颜色，

有翡翠绿、褐色、乳白、象牙白、青色、玄黄色……而靠近底座的纹路是带血丝的，像人的皮肤下若隐若现的血管。

天机石和天地一起生长，护佑着良渚人平安健康，六畜兴旺，五谷丰登。

琪发现它的样子随时在变化，从它的正面看，似人形又似一座微型的山；从后面看，似一位光着头独钓寒江雪的老者；从左侧看，似孤峰；从右侧看，石身有太多的缺损，坑坑洼洼得厉害。后来，直到琪失去所有亲人后，他才发现天机——那是一张人脸，这张脸上有一对深邃的眼睛，额头上伤痕累累，高耸的鼻子，鼻梁下有两个鼻孔，它面相清瘦，微微张开的嘴里长着象牙色的牙齿，它的整张脸，表情冷峻，就是一位上古武士的样子。

历代的巫师都是智者和有德者，每个巫师都有自己的独门法器，天机石就是巫师观山望海问天的法器，它吸收了山川大地的灵气，只有通灵的人才能懂得石的机运。它也是代代巫师形象的化身，从四野八荒中来，且是武道高手，征战无数，是一位常胜将军。

天机石一定是带着爷爷的使命来与琪相认的，在良渚国遭受大难时，它将奉献自己全部的灵力为人所用，在祭坛上它要助琪一臂之力，力挽狂澜，拯救良渚人于水火。

琪决定带着这块天机石先去东海祭祀，然后再回良渚举行更大的祭祀。

琪把天机石用一块兽皮包扎好，用一根麻绳挂在胸口，那是心脏跳动的地方，天机石会给他力量，完成这次盛大的祭祀。

一行人带着祭品浩浩荡荡向东海边而去。人类的祖先曾在大海上漂泊生活，海神护佑他们，给了他们活命的食物，再把他们托举到新大陆。

海神是人类最早的祖先。因为琪从天机石的身上嗅到了海水的咸味。他此次带着天机石前来，也可以说是认祖归宗。

琪并不知道天机石的故乡在大海的哪个方位，他从它身上看到了海浪的纹路，听到了波涛声，闻到了海水味，它来自哪里都不重要，在人类的版图上，它成为巫师们开启智慧大门的钥匙。

很多时候，琪把它想象成祭坛上的石鸟，它是不是鸟类的祖先？琪在等待能证明这一设想的那一天的到来。有些鸟儿天生是关不住的，它们飞翔的欲望从未熄灭过，如果有一天能让祭坛上的石鸟飞起来，良渚人就有新希望了，就能迈上一个新台阶了。

琪很小的时候就听爷爷说，女娲娘娘用彩石补天，抟黄土作人，她往泥人身上吹了一口仙气，他们便有了灵魂。石头是一种灵物。巫师家族里，有许多器物都与石头有关，而后来史学界将史前人类史分为旧石器时代和新石器时代，石头是人类进步的开端。人们在掌握了以石为器后才学会了如何生存，在不断演变的过程中才有了华夏文明。

海上卷起的每一朵浪花，多像一个个飞跃不灭的灵魂，独具生命力，如果人的魂最终能归大海，在朵朵浪花中得道升天，也是幸事。这是琪想来大海边祭祖的原因之一，还有一个原因是他想弄清楚天机石的身世。天机石的故乡在哪里，那么祖先的魂就落在哪里。这块石头上不仅有大海的痕迹，也有天空的印记，它像个谜。这件事成为压在琪心上的石头。

琪率领众人走了很远的路才到达海边，这一路走得极不寻常，一路风雨，一路颠簸，好在是夏末秋初出发的，并不算寒冷。

一群人卸下祭品，在大海边搭起祭台，等待次日海上日出时方可举行祭祀仪式。

天蒙蒙亮，大海安静得像一面无垠的镜子，人好像可以在这面镜子上行走。琪知道这是幻觉。当朝霞铺满海面时，水天一色，海水受到光的感染，泛起微波。生活在陆地上的人，大多没有见过海，琪也没见过真正的海，突然来到海边，深受震撼的同时，免不了心惊。在大海面前，人类太渺小了，一个浪扑过来，就能把人给卷走，顷刻间消失得无影无踪。

在天亮前，琪就把海祭的全部供品摆放整齐，各种灵器摆放在规定的位置上，天机石放在主位上，琪希望在祭祀时能悟破天机石的天机。

当太阳像一个巨大的火球完整地从海面上升起时，琪戴上羽毛编织的帽子，脸上涂上赤、橙、黄、绿、青、蓝、紫七种颜色，代表天空大地及五谷的颜色。他腰上围着虎皮，赤脚走在沙滩上，温热之感从脚心传到心尖，身体暖洋洋的。在祭祀之前，琪准备进入结界中冥思，以获得更多的力量登上祭台。

结界，按今天的话来说，就是做某一件事时的专注度，跳出尘世，摒弃一切身外事、任何细微的杂念。正如今日之科学家专注于研究，哲学家专注于思考，不为外界的一切干扰所动，方能进入化界，获得天启。

结界时琪能感受到肉眼看不到的东西，另一个存于世的灵界，正在缓缓向他敞开大门。当灵魂抵达一定的境界时，天地万物为我所用，浩瀚之气向自己涌来，这就是结界之门。

神的世界诞生之日，意味着那些非人非鬼非妖的混沌之境，正在隐去，大地上正气上升，阳光普照。这些不是普通人能够顿悟的境界，但那是很久之前就存在的世界，只是人们无法触及。

琪此去就是为了确认这个世界的存在。

三

太阳慢慢升高，琪的周身由暖到热，额前的热汗打湿了羽帽。东方的紫气徐来，飘向祭台，他知道是时候了。天机石摆在众多祭品中央，它和琪一样，通身沐浴阳光。

空气潮湿，琪深情地凝视天机石一眼，举起手中的桃木剑，背对祭台，面向大海，翩翩起舞，口中念念有词，从缓慢到激昂，从激越到低沉。海水似乎受到琪的声音的感召，从平静中醒转过来，波浪突然间涌向海滩，一直涌到琪的脚边，伴随着琪舞蹈的力量，浪花飞向天空，旋出了无数朵白花。这些花像长了眼睛，齐齐看向祭台上的天机石，仿佛要把它看穿看透。

随着琪的步伐，浪花飞溅得越来越快，随即浮起一道水雾，以至于看不清琪的面部表情。

虽说是祭祀，却是天空下的一场倾情的舞蹈，是琪一个人享受寂寥和沉思的时辰：放下包袱，做一个在汹涌波涛下，能看见光的人。

　　这场祭祀之旅幸好是在迷人的晚秋，是大海最平静的时候。唯有内心平静的人，才能召唤灵魂深处的东西。与天对话的灵魂才能得到升华。

　　琪觉得自己不在海边，像是到了爷爷化身归去的昆仑山，那里虽然没有海水，但有山海。

　　是一只鸟把琪引到大海边的，他渴得厉害，似乎在梦中的沙尘里走了很久，空气中有滚动的烈火，他跟着鸟飞过变幻无穷的云图，他的身体穿过云层，体液被云朵吮吸干净。他真的太渴了，想寻找水补充身体的能量，他的身体轻得像一朵云，在流云中奔跑，突然一个俯冲，他来到了大海边。一群鸟将头颈伸向大海波光中的蓝色液体里。柔软无骨的水，让琪品尝出地久天长的味道。

　　原来，水里埋藏着一把剑，就像肉体里坚硬的肋骨，有水有人的地方，就有巨风和波澜，有水的地方，两岸住着幽灵和神仙，中间有座独木桥，幽灵和神仙彼此来往。琪和鸟一起低头喝着水，那水像剑一样切割着他的喉咙，心肺里流出一腔子热血来，他突然醒了。

　　一口鲜血从琪的口中奔涌而出，琪耗尽全身最后一丝力气，一头栽倒在海滩上。这口血飞跃而起落在天机石上，染红了石身。

　　在这场祭祀的舞蹈中，琪再次见到了爷爷。爷爷告诉他，天机石的故乡在东海，就是琪来祭祀的这片海。他的造化就在这块石头上，但要与它订下盟约，滴血认主。

一群人离开大海回良渚国，另一场盛大的祭祀在等待着他们。

在回程的路上，琪一直在思考一个问题：良渚从何处来？是不是来自大海？现在的平原也许原来就是大海，只是大海改变了位置，这里变成了平原。那么这里的人原本也是大海的子民。后来大海隐退，留下植物、动物和人。再看看良渚的周围，还是有许多的沼泽地，有很多的湖，气候宜人，适合多数植物生长。一切都是老天爷冥冥之中早就安排好的。

琪苏醒后把石头抱进怀里，像怀抱着婴儿，他为它找到了故乡，却不得不把它带回良渚国。它的颜色已变成赤红色，人面消失了，而石身始终是温热的，如一块硕大的红宝石。

归途中，遇暴雨。天雷如乌龙在天上翻滚，搅成一团，盘旋，散开，聚拢，在琪的头顶上轰鸣。琪的头发根根竖起，受雷霆之力，突然间七窍流血，不经意间滴在胸前的天机石上，石头似乎受到感动，热度在上升，让琪感觉心口发烫。他的修为虽然不如爷爷，但他年轻，士气足，硬生生顶着道道天雷的威力。

　　他们又走了很远的路回到良渚。第二场盛大的祭祀在三面环山的大型祭坛上举行。琪从海边回来，元气大伤，他需要更多的灵气才能支撑这场祭祀。

　　琪休息了几天，然后选定在一个月圆之夜举行祭祀。

　　在王国经历几番动荡后，良渚王深感身心疲惫，在天上的一颗流星坠落之际，琮王在宫殿里召见了大巫师琪，将象征国王权力的玉钺权杖与玉石王冠授予琪。琮王的灵魂当晚就升天了。

四

　　琪成为良渚百姓拥戴的新一代良渚王，但他并没有沉浸在拥有权力的欢快中，他心头最大的牵挂是子民们。他不是那种嗜血的王，除了会巫术外，他大多时候都很安静。他在而立之年就觉得自己很老了，而四不像越长越高大，像一座小山一样陪伴在他身边，这就更显得他很渺小。但是琪王的思想越来越尖锐，经常想一些不着边际的事情。作为巫师的后代，他这辈子过得太平静，所有的成功都是父辈们给他留下来的，特别是四不像，如果没有它的存在，他肯定当不了良渚国的王。那么多部落都归顺了良渚国，是人为，也是天意，他不能辜负了天意。琪王总想在这个世界上留点什么下来，而不是做一个碌碌无为、坐享其成的王者。

每每要寻找内心的力量，他总会带着四不像到无人的荒野去，只有这样，他才能开悟，上天才会给他更多的启示，助他一臂之力。

那一个星夜，他和四不像再次离开王的宫殿，向更远的地方走去。

这一次夜行和以往都不一样，星空不再明亮，黑暗中深藏着诡秘。有一个声音在耳边响起，刹那间让他手足无措。这声音来自山里还是海里？像海风在吹，像远山在呼唤，这些不一样的声音让他全身没有力气，像中了邪一般。可是他的眼前只有一片荒野，他和四不像就是荒野中的孤岛，肉身与灵魂在沉浮。他发现自己不在这个世界上，他再一次没有了手，没有了脚，在黑暗中他看见天空是血红色的。他遭遇了自己的定数，命定的闪电击中他的五脏六腑，他变成了一棵嫩芽，和这个世界一起成长，长成了一棵参天大树，然后他哪里也去不了。可是四不像呢，它会不会离开他，抑或变成另一棵树，变成和他一起成长的连体树，扎根在这片大地上。满耳朵的声音在呼唤着他，如果他没有听错，这些不一样的声音只通向一个地方——远祖大海的故乡，这声音也许是老天爷的赏赐。

208

　　这些有魔力的声音一次次把琪王击垮，在内心开始坍塌的同时，他听到了母亲的呼唤。母亲的呼唤像一首古老的歌谣，从四海八荒中向他奔涌而来，呼唤着他的名字。琪出世的时候母亲就难产死了，母亲本不知道他的名字的，到底是谁告诉她儿子的名字的？肯定是上天，或者是去了天上的父亲与爷爷。这世上只有他自己了，一个人类的孤儿，他的血亲都去了天上。琪只能这样解释。母亲就是先知。母亲呼唤他的声音越来越清晰，震得他的耳膜发胀发疼，琪似乎听到海水涨潮的声音，如同回到母亲温暖的子宫，如此真切，如此让人迷恋。母亲和他的关系，就是果壳与果肉的关系，母亲用坚硬且柔软的果壳包裹着果肉，十月怀胎，一朝分娩。原以为能长相守，却不承想母亲连儿子的面都没见着就魂归天外。果肉剥离果壳的时候，伴着疼痛，生死两相望。可是母亲不甘心，她在另一世一直牵挂着人世间的这个孩子，隔空呼唤儿子的名字，让他感应到她的声音，她只能这样。那种生死不能相见的疼痛，只有母亲知道，而琪直到今天才知道母亲的疼痛和自己的疼痛有多深。

　　琪有好久没有淌过眼泪了，在荒野，他抱着四不像巨大的身子，像抱着母亲柔软的身体，号啕大哭，四不像也受了他的感染，眼泪打湿了一圈眼睫毛。一人一兽像两个孤独的孩子，在苍茫的大地上长号，声音悠长，在荒野中回荡。

在王宫里，哪怕拥有王后与其他女人，也抵不上母亲对他的爱。这世界上的一切生命都来自母体。没有母亲，什么都是空的。这个思考是琪活到现在最大的收获，尽管他觉得这一切来得太晚了，但总算是来了。一定要找到另一个世界的母亲，让她和他在一起，永生不灭，让世世代代的人都记住母亲的样子，知道母亲的恩惠。这是琪的梦想。从前来到荒野，琪只思考苍生的生存，从来没有想到过母亲，他总以为母亲离自己很遥远，此生不会相见，这是他第一次与阴阳相隔的母亲接头，此时的琪闭上眼睛也能感觉到母亲就在身边，母亲在另一个世界的黑暗中发着圣洁的光，他在这一世承受思念之痛。母亲是如此地美丽安详，巨大的柔软包围着琪，让他感觉到了尘世间不一样的温暖。母亲，母亲，什么时候才能见到母亲？琪和四不像在荒野一直待到黎明旭日升起才离开。这一夜他感觉自己的魂已被母亲带走，回家时步履维艰，迷迷糊糊昏倒，是四不像把他驮在背上离开了荒野。

琪突然感到了不安，母亲只是他心中的幻景，并不是真实存在的。越是美丽的事物，越是容易破碎；越是太平的时刻，也越是危险。自从九黎族酋长亡命战场后，琪王收复了最后几个小部落，让散落在良渚国周边的部落得到统一，形成了国家建制。可是这些都是在牺牲生命的基础上建立起来的，战争随时会发生。为了防止新的战争，良渚国的工匠们用石头打造了一种叫钺的兵器，并让每一个成年人都学会使用这种武器，让他们从小有忧患意识，随时准备为国而战。

琪王自那一夜与四不像从荒野回来后，像换了一个人似的，他开始大规模动员民众打造兵器，未雨绸缪。多年以后，战争果然爆发，但不是因为外来的入侵者，而是内部的争斗。因为粮食与玉器分配的不公，因为人口的不断增长，王城修建的房子越来越多，不同等级的差距被逐渐拉开。良渚王国从开始只有一个城，到后来分成内城和外城，内城住着王的家族和手艺者，外城住着种田的人，大面积的稻田覆盖了良渚大地，还有桑田，人们养蚕、缫丝、织缎，果园里种了杏子、桃子、甜瓜等，圈里饲养了鸡、羊、猪。在外城，匠人们绕墙挖了深深的壕沟，把水引到田间，在雨季来临的时候，又可以把城里的水排出去。这些都是良渚琪王的功劳，为了治理每年的洪水，琪挖空心思想了许多办法。

自从在荒野的那个夜晚之后，琪一直想建一个大东西，一个能让他与母亲相会的载体。他想到了建一个祭坛，通过他毕生在巫道上的修为，把天上的力量通过祭坛引到大地上来，这样是不是可以让母亲从天上下来与

他相见，哪怕是幻境，他也愿意一试。而这个祭坛不仅
仅用来祭天，还有更多的用途，至于什么样的用途，他
断断续续在祭坛前冥思苦想了两年时间。有一天，他豁
然开朗。他是从四不像的眼睛里发现的天机。琪从小就
发现四不像的眼睛会随着时间的变化而变化，夜里是乌
黑的，在黎明后就变成黄色，到中午的时候就变成了一
条黑线。他以为这是天生的，与任何外力无关。但琪现
在不这么想，四不像眼珠子颜色的改变一定暗藏着不为
人知的天机。

为了选一块好地方建祭坛，琪走遍了良渚国的每一
寸土地，最后选择了一个自然的山体作为地址，因为他
看到了那块地上有祥瑞之气，让人神清气爽，一个能让
人舒服的地方一定是好地方。祭坛终于建起来了，建在
一个"回"字形的高台土墩上，四周做成覆斗状的斜坡，
东西两端呈阶梯状，在第二个阶梯上做了南北方向的排
水沟，南面和西面修了一个很大的广场。这是良渚国繁
盛时期修建的最大的祭坛，用了一年的时间建成。琪在
祭坛上竖起了一根很长的杆子，通过这根杆子的影子观
察太阳的走向及方位。琪每天带着四不像站在祭坛上观
察天地日月的变化，有一天他终于想明白了，原来站在
祭坛上可以观察到一切天象。他从春暖花开，一直站到
天寒地冻的大雪天，最后发现日出日落是跟着一个叫时

间的东西在行走着。他把这一年思考的结果，分成了四个阶段，就是今天我们知道的冬至、夏至、春分、秋分这几个重要的节气。然后他终于有能力把爷爷留给他的《连山》《归藏》二经打通。

他终于知晓，大道生一气，一气分阴阳，阴阳为天地，天地生万物。

群山在黑暗中静默，犹如一头头匍匐在黑夜中的凶兽。山脚下，环绕着大大小小的部落群，良渚部落是群里最大的部落，因为这里土地肥沃，物产丰富，人丁兴旺，到琪这一代几乎没有发生过战争。

夕阳有气无力地挂在地平线上，像一个风烛残年的老人在苟延残喘。琪在一个风和日丽的午后晒着太阳，四不像像他的母亲一样依偎在身边。他半张半闭的眼睛望着这个世界，在生命的流逝中，通过祭坛，他一次次遇见母亲，他们隔空相望，诉说今生来世的母子情。

第十二章 良渚"字"归来

一

美好的时光或许并不需要文字，只需要人与器物之间的摩挲，父母和孩子、丈夫和妻子在星光下的深情抚摸、忠贞凝视，朋友之间把酒对饮，缓慢地度过每一天、每一刻。

可是，良渚是一个国，没有文字的国不能称国。有人说，良渚国的开端是从黑陶、玉器身上的纹路开始的，那些曲曲折折的符文，就是良渚国最早的文字。

如果说中国有记载的文字来自上古大神仓颉之手，在良渚黑陶上发现的图画与符号是早期的文字雏形的话，今天浙江省博物馆的镇馆之宝"玉琮王"便是天地间最早的文字雏形。里面蕴藏着五千年前太古时代万象轮回先天二经秘术的玄机，包罗万象。它就是天地阴阳，人道、天道、神道的轮回。透过展馆内的钢化玻璃展柜，被称为玉器之王的玉琮静静地向人们诉说着曾经的故事。出土的玉琮，原件上斑驳不平，土黄色的每一缕线条清晰可见，兽身人面像，强有力的胳膊托起小兽圆圆的大眼睛，诉说着整个良渚古国的社会发展史与成长史。而那些出土的黑陶，重新擦亮了现代人的眼睛。

随着国家越来越强大，王权越来越集中，良渚国巫师的地位日渐式微，从原来王宫里的御用巫师到流落民间大荒，整个巫师家族经历了血与火的洗礼。他们经历过无数的黑夜，经历了战争的洗礼与部落的迁徙，慢慢丧失了与天地相契合的灵性，渐渐沦落为民间的普通玉器匠人。按照匠人手艺的等级，或为良渚国的王公贵族打造玉佩，或为普通民众打造日用玉器和各种农具。因此，他们的手艺越来越简化，越来越实用。在后来出土的七节玉琮上，兽身人面像已无法辨识，神鸟的形象失去灵动，兽类圆圆的大眼睛变得混沌，玉琮王神徽上的动感消失殆尽。从形式到内容，后来的玉器已不再有玉琮王博大、空灵的文化内涵。这充分说明了良渚文明在前进的同时，对宗教信仰的尊崇在倒退——意味着人与自然同频共振的思想维度在文明发展的进程中丧失了。

在良渚古国出土的玉器中，良渚古国早期巫师用心

215

血雕刻出来的玉琮王，包括出土的精美漆器，其构思和工艺水准再也无人超越。那时雕刻玉器的手艺人是巫师的后代，他们学养丰厚，品德高尚，志向高远。从玉琮王的设计来看，那时的巫师们不是用手雕刻玉器，而是用心血和灵魂，甚至不惜牺牲自己的生命，去雕刻一件玉器。

唯有一颗安静的心，才可以惊动灵魂之躯。黑漆漆的夜空，巫师仰观天上的星斗，星空是黑色的，天穹为每个生命体保留了通向梦境的时空隧道。生命需要绿色，不仅仅是普通意义上的绿色，而是心灵深处流淌出来的嫩绿。它来了，生命之源汹涌而至，在尽情摇曳。巫师如引渡者，在大地上手舞足蹈，在浩渺的宇宙中凝神絮语。

一个人的轮回，怯懦而又独立，往前走的路上，遇到的千盏灯火，都是灵魂的故乡。咒语在时光中弥漫。如果身体尚能雀跃，就能变成林中的小兽和精灵。如果能静卧在山石中成为时间的花纹，如果能在语言的楼阁沉默，就能变成从天窗飞越苍穹的鸟儿。众神的咒语捆绑住世间万物，在时间的深处行走，像蚂蚁般在暴雨前迁移回巢穴。面对荆棘上的花冠，掠过清晨的水雾，像鹭鸟一样在草芽上飞翔。只可惜，巫师的灵识被俗世的烟火一点一点稀释融化了。

有思想的灵异者，大多是在黑暗之路上燃烧自己照

亮别人的抱薪者，他们的心底有一团火，是发自灵魂的
三昧真火，能够燃烧自己，照亮乾坤大地。曾几何时，
巫师的情操接近大地，从心底爱这片江山、这方土地。
然而，燃薪者必被火烧死，化为灰烬，归于尘土。他们
把自己煅烧成一堆草木灰，与烧制黑陶器的泥尘和岩石
化成的石灰融合在一起，融成三合土，融成一个全新的
自己，成为意志永不腐朽的殉葬品。在反山王陵墓葬群，
那些碎片，墓底下的三合土依然是原来的样子，从尘埃
的洞穴里被打捞出来，依然有上古时代的光芒与纹理。
逝者的手纹似乎还清晰可辨。他们用生命的智慧把心灵
的纹路刻在陶片上，留下的是他们自己紧贴着大地，内
心安详。那些被遗忘在时光废墟深处的吉光片羽、铮铮
誓言，从来没有消失过，他们的荣光一直伴随着时光向
前流淌。

　　世间轮回的秩序靠什么来厘清？靠文明的进步。文
字的出现便是文明诞生的标志之一。地球之灵的星元出
现，天下才能太平。这星元，指的是地球的灵魂。玉琮
王上的道道符文，乃上古神灵为了护佑地球星元的亿年
稳固而存在。

　　地球上无尽的尘埃里的生命体孕育出人类和大千世
界。我们来自尘土，必归于尘土。脚下的尘土孕育了我
们，给了我们生命、激越的热情，让我们在这片大泽之

217

地上飞翔。我们在尘土中凝视自己，由一个弱小的细胞在生命与生命热烈的碰撞中相遇，成长。古人只遵从自己的内心，听从神灵的旨意，跟在自然的脚后跟春耕秋收。

文字就是大地上最美的种子，最好的道法自然。所谓道，就是神灵，跟随自己的心，只有顺应正义的道法才会永存。

二

随着巫师的消失，良渚王国里的第一个玉琮成为王的陪葬品深埋于地下，大量的文字像散落在大地深处的种子一样冒了出来，美的、丑的，善的、恶的，如雨后春笋茁壮成长。物的不断繁荣，人类欲望的叠加让大地上的统治者蠢蠢欲动，迫切地希望用字的形式为自己服务。字的出现让话语权掌握在少部分能言善辩的人手中，完全颠覆了仓颉创造字的本心与本意。比如仓颉造出的"義"字，它对应的是动物羊。羊是善良和美丽的，但是羊最后成为献祭品。温柔的羊成全了人，成为祭坛上的供品，为人类的欲望加持。成为祭品的羊想告诉人们：要做一个善良的、有操守的好人。一个人，一个国，如果没有善良仁爱之心，只有功利式的滥情，而无道义来支撑，难成大器，一个懂义的人不仅能成全自己，更多的时候还能成全这个世界。

人之初的善和人之初的恶相同。人生之初会被天使附体，也会被恶灵污秽，善恶同存于一身。人与世界的关系本来就是一个矛盾体，人最大的敌人不是他人，而是自己。通过无尽的轮回，人会变得纯洁起来吗？试想，字的萌芽如神灵附体，将不同品性的人性通过文字的描摹，呈现在公众面前，善总是在阳光下，而恶开始躲避和伪装，用字装点自己。

仓颉创造了文字，后来的周文王从仓颉手中接过《连山》《归藏》二经，改先天二经演《周易》，姜子牙封神、春秋百家争鸣、大唐万国来朝、清末联军来犯……暗中仿佛有一个推手在不断地把人类当作棋子，从荣到衰，经年轮回。人本该有自己的命运，随心而行，天下玄门的兴盛和天下生灵的命运相比，又算得了什么。只有字能让善人与恶人永存，任后世评说。

字，为记载从上古到今天的世间万象而生。这应该是仓颉创造字的本意和初衷。我们要记录世间怎样的真相？历劫的真相最值得记录，只有历过劫的人才有资格去充当记录者和讲述者，且不经任何过滤。透过历史的尘埃，每一个字如从天而降的雪花，像人间奔腾的千军万马，它们不一定是雪白的，同样染上人类的鲜血，殷红一片，多少无辜的生命融化在冰冷的字海的雪水中。

当文字成为人类的精神食粮的时候，人开始像一个捕猎者，寻找属于自己的精神之盐。人们开始以诸神的名义给世间万物命名，把原本简单的事物变得层峦叠嶂，曲里拐弯。透过文字的天窗，人的心机越来越重。那一半的天空飘来阵阵乌云，像要下一场倾盆大雨；另一半天空阴沉着面孔，快要沉不住气，像要坠向大地。玲珑的大地被阴沉的天空罩上了一个大罩子，结成一张大网。有一种摧枯拉朽的碾压之势，想把天空的四角戳出一个洞来。《三辅黄图》中说道："苍龙、白虎、朱雀、玄武，天之四灵，以正四方。"左青龙，右白虎，南朱雀，北玄武，这四大星兽镇守着东西南北四个方位，专辟邪恶，调阴阳。这四方神兽并不是真的兽，只是苍穹上四方的星宿形状。

许多人世间的事，特别是对真相的感觉，是无法用文字详尽描述的。

三

良渚时代的巫师拥有了与神对话的能力，他们把星宿分成七大星区，为三垣、四象，东方星如龙，西方星如虎，南方星如大鸟，北方星如龟和蛇。二十一世纪的今天，除了用天文仪器来观星象的变化，已无人有能力通过肉眼观看天象。观天象被机械化了。只有少数会观星象有灵性的人，才能看到四角天空的变化，与神兽隔空对话。在那个以肉眼观天的世界，东方青龙主木，西方白虎属金，南方朱雀为火，北方玄武生水，中央的太极点乃天地之土，为中央黄龙。这五相生出了后来的五行八卦之万象，五行八卦又对应于五种不同性格的人。

人类的字一直都在，在《连山》《归藏》先天二经和后天《周易》中，为少数人掌握。玄门没有未来，世间无神，方为天下太平。受道于天，天必取之。得道于天，必将还之。天道在上，人道在下。人道当立，不限于天。人若自助，人定胜天。

这样的时代，注定是一首无字的歌。真"字"的魂避开了尘世，隐身进青山绿水之间。因为不能让字的魂魄变成罪孽加身的恶证。由字改写的命运都不是真正的命运。这是一个伪命题。时空成为人与兽类现实的影子，阴阳是辅佐命运的根基，万物皆是自然的子民。从荒古时代到今天的新纪元，这一切都在轮回之中，无论中途发生过什么，经历过怎样的浩劫，终究会从终点回到原点。中间横跨了数千年，终点在哪里，原点从哪里开始，宛若迷宫一般，不可知也。

从甲骨文到现代被简化的文字，人类的文明不是永远进步的，只是一种循环，当发展到一定程度时，这个文明就会消亡，比如良渚的消亡。后来的许多事实证明，莫不如此。

先民巫师创造的独具神性的玉琮王，才是隐藏在大地上最早最纯洁的"字"。这一首无字的弦歌，我们只能去体悟它，任何形式的描述都将是对它的亵渎。真正的文字，不是为了改变这个世界，而是保全原始的心，不被这个世界改变，不负这皇天后土。

仓颉造字时，魂灵与万物同在，他与大自然有个契约，只有造出魂气相生的字，才会是字的本义。自从良渚古国有了古城，字的意义就开始改变，为统治阶级所拥有。掺入了私欲的文字，便失去了神性，流于世俗。

华夏祖先是崇尚信仰的宗族，而在现代城市生活的人们对"宗族"已没有多少概念。说到楚国屈原的文字，是与神最接近的。楚人屈原是那个时代巫师后人仅存的硕果，真正的忠臣，是那种本分之忠。在上古洪荒，是没有忠奸之分的，每个人去祭坛前祭拜自己的祖先，便能够感觉到远古的神灵和庙宇同在。千千万万的祖先就好比树干上长出的枝条或叶子，他们能看见彼此的身影，他们觉得他们是同一个生命体，帮君王等于在帮自己。当一棵老树的根系开始腐烂时，作为这棵大树上最大的一片叶子的忠臣屈原，又怎能坐视楚国走向灭亡？

屈原就是楚国最强大的巫师，他的精神与天地同庚。或许这根本不是忠，而是巫师后裔的一种本能。风吹草木，尚且有悲鸣，更何况是已托生为人形的屈原。有人认为屈原是愚忠，忠得还不够彻底。而同时代的人有多少真正理解屈原的呢，包括今人又有多少人理解屈原的《天问》？那么多问，问天问地，问自己的心，那些用草木情怀书写出来的天书，字字都是屈原的魂魄飞升。既已生为人形，自然就要落地生根，可是又禁不住要睁开眼睛去看一看天空，屈原向下努力地生长，本能却引领他向上飞升。

为什么《楚辞》流传到现在，人们依然能感受到它美到骨髓里的韵味？因为那是大地深处长出来的文字之魂，是真正的艺术之花。可是花朵的背面就是阴影，人类已经习惯于欣赏花的美丽姿态而忽视了花的影子，但在花成长的过程中，影子和花是连在一起的，影子才是花的魂魄。屈原的文字之美不在于文字的本身，而在于文字背后的影子。屈原的羽毛是珍贵的，但屈原在别人的眼中成了珍禽异兽，他用尽一生的力行走在泥沼里，却没有弄脏自己身上的羽毛。不像后人或是因为爱惜羽毛，而抽身离开泥沼，或是深陷泥沼而不顾羽毛的高洁。文字的背后，是屈原如大巫师凌空独舞的肉身，挣扎，痛苦，求索。那些因痛苦孕育生发出来的带着鲜血气息的文字汁液，统统都被遗忘。

屈子的一篇《天问》，让上古的日月星辰之光一直照到今天，这种穿越力在文学史上后无来者。他像一粒水珠回到天空，回到宇宙中去，那是上古人类最初的星元，他像个孩子，怀抱着楚地山河，回到荒古，回到本原世界。今人的字，再也无法和屈原的字相媲美。

我们不能忽视，屈原也是古代巫师家族最杰出的传承人，因为他胸中神魂附体的字，像一粒水珠，从大地上升起，飞向宇宙，与造字的大巫师仓颉接头。

从时间上回溯过去，良渚看似离我们很远，存在于公元前，直到今天考古发掘，我们总算看到了它的部分真实面目。也有可能，良渚是在宇宙大爆炸时，从极其热烈的状态中生长出来的一颗种子。它更像一个宇宙间的奇点，在时空中有了世界，有了生命，史前文明从此掀开了篇章。良渚作为史前文明的重要源头之一，是从何时起步的？这一切仍然无从解释，或许它本就是宇宙在时间维度上轮回的产物。